어떻게 지내니?

어떻게 지내니?

우리네 어머니 그 삶을 말하다

이상원 지음

아들, 며느리 그리고 손녀와 손자에게 사랑을 보내며,

엄마의 마음을 그리다

어느 날 문득, 멀어져 가는 단어들을 기억하기 위해 글을 쓰기 시작하였다. 내가 사는 이유를 잊지 않기 위해 하루하루 사랑하는 가족을 생각하며 일상을 보내고, 나이 들어감을 안타까워하며 살아온 날들을 생각하며 또 다른 날들을 살아갈 아이들의 행복을 위해 스스로 반성의 시간을 가지고 글을 엮어 본다. 이웃과의 만남이 줄어들면서 홀로 보내는 시간들, 한 사람의 인간으로서 대도시의 사막을 살아가는 순간들, 생활에서의 무관심, 현모양처라는 사회통념에 젖어 무의식중에 얽매여 자신을 잃고 살아온 세월. 그리고 자녀양육에서 벗어나 자유를 갈구하며 찾은 문화센터, 전업주부로서의 생활이 길어지면서 미숙해져 가는 대인관계 능력, 앞으로 겪어야 하는 미래에 대한 불안감, 아는 것과 행동하는 것 사이에서 차이를 줄여 가려는 노력들. 내가 살아온 발자취를 되돌아보며 미래를 살아가는 자녀에게 보탬이 되는 내용들을 글로 옮겨 보았다. 그리고 보다 행복한 미래를 꿈꾸는 데 힘을 실어 주고픈 마음으로 하루하루의 생각을 모아 메모하고 정리하는 시간을 가졌다. 때로는 생각이 멈춰 펜 가는 데로 낙서도 하고 글씨를 마구 휘갈기기도 하고, 다음 날 낙서가 못마땅하여 종이를 갈기갈기 찢기도 하기를 여러 번 반복하면서 오늘에 이르렀다. 때로는 무력감으로 무능한 글재주를 한탄하기도 하고 미흡한 글 솜씨를 부끄러워하며 글쓰기를 그만둬야겠다는 마음으로 며칠을 고민하며 생각을 접기도 하고, 써야 할 내용들이 생각나지 않아 글쓰기가 멈춰지는 순간에는 나의 한계를 느끼며 절망하기도 하였다. 그러다가 순간 스쳐 지나가는 생각들을 놓치기 싫어 혼자서 독백을 하고 다시 펜을 들기를 수차례 반복하였다. 그리고 글 쓴 내용을 보고 떠오르는 그림을 연필로 선을 긋고 명암을 주고 묘사를 하여 표현하기도 하였다.

아들과 대화를 하며 그들의 앞날을 상상하다가 우후죽순雨後竹筍 떠오르는 생각이 있으면 두서없이 원고지에 적기 시작하고 항상 엄마 곁에서 든든한 벗이 되어 준 아들들에 대한 고마움과 애틋한 심정들을 글로 표현하며 흐뭇해하고, 그러는 동안 엄마는 살아 있다는 생동감을 느낄 수 있어 기뻤다. 일상에 힘겨워하는 아들들의 삶에 보탬이 되기를 바라는 마음으로 쓰기 시작한 글이 어느덧 봄, 여름, 가을, 겨울을 거쳐 한 권의 책으로 엮어져 흐뭇하다. 내가 살아온 길을 상세하게 기록하지 못하는 한계를 느끼며, 책으로 엮는 것이 나에게 불편한 진실이 될 수도 있다는 생각에 여러 번 망설이기도 하였다. 그러나 최선을 다해 온 엄마의 마음을 조금이나마 아들에게 전달하고 싶어 용기를 내어 본다. 엄마의 일방적인 생각이 이기적일지라도 최선의 선택으로 마무리하는 엄마를 넓은 마음으로 이해하길 바라며, 거칠고 서투른 글에 대해 수줍어하는 엄마의 마음을 너희들에게 보낸다.

차례

엄마의 계절을 생각하며...

봄

엄마의 향기

엄마의 엄마

엄마 같은 언니

아들에게 보내는 편지

손녀, 손자에게 배운다

금쪽같은 아이들

엄마는 팔불출

여자, 그리고 엄마의 마음

인생의 굴레

여름

알고 있니?

동행同行

파도타기

타산지석他山之石

자화상自畵像을 그리며

행복한 그림

자존심

너희들은 최고다

가을

가을 풍경

우리의 만남

고마워

국화 옆에서

야생화처럼

어떻게 지내니?

생활 속의 질서

가을 하늘을 바라보며

겨울

떠오르는 햇귀처럼

모정母情

필요악必要惡

오늘의 여정

머릿속의 지우개

사랑을 나누며

아들의 삶과 희망

에필로그: 무지개에 엄마 마음을 그리다

봄

엄마의 향기

엄마의 엄마

엄마 같은 언니

아들에게 보내는 편지

손녀, 손자에게 배운다

금쪽같은 아이들

엄마는 팔불출

여자, 그리고 엄마의 마음

인생의 굴레

엄마의 향기

내가 기억하는 어린 시절은 부산 피난시절이다. 우물가를 빙빙 돌며 나를 쫓아다니던 미친 여자를 피해서 거리로 도망치는 나의 모습이, 지금도 생생하다. 1950년 6·25전쟁은 역사시간에는 배웠지만, 사실 그 참혹함에 대해서는 구체적으로 알 수 없었다. 다만 북의 도발로 많은 사람들이 부산으로 피난 가서 힘든 생활을 하였고 그중에 우리 가족도 있었다는 역사적 사실이 내가 아는 내용의 전부이다. 그러다 얼마 전 「태극기 휘날리며」라는 영화를 보고서야 그 잔인함의 실체를 생생히 알게 되었다. 한 민족인데, 서로 다른 편이 되어 싸우는 모습이 너무 마음 아팠고, 형과 아우가 서로 다른 편이 되어, 잔인하게 죽이면서 서로 싸우는 정황들을 보고 6·25전쟁을 실감할 수 있었다.

그 시절 나는 세 살이어서 주변 상황들에 대한 기억은 전혀 없고, 오로지 혼자서 집에 있다가 이상한 행동을 하는 여자를 만나 너무 무서워 도망치는 모습만이 떠오른다. 어린 나이에 다른 기억은 없었지만, 그 여자가 무서워서 도망치는 모습이 지금도 가끔 기억난다. 부산 피난시절, 나는 영양실조로 병원에 입원하였고 그 병원에서 먹던 햄과 콩 통조림의 맛은 지금도 잊을 수가 없다. 전쟁이 끝난 후, 우리 가족들은 서울 외삼촌 집에 모여 살았다. 초등학교에 입학하고 나서야 아버지가 전쟁 중에 북한군이 쏜 총알에 맞아 돌아가셨다는 것을 알게 되었고, 엄마는 우리 가족을 위해 간호사 생활을 하고 있었다는 사실도 알게 되었다. 그러나 철없는 나는 엄마가 집에서 나를 기다려 주지도 함께 놀아 주지도 않아, '나중에 커서 엄마가 되면, 나는 현모양처가 되어 집에서 아이들을 기다리며 함께 놀아 줄 거야'라고 마음속으로 다짐하기도 하였다. 그러나 어른이 된 나는 어린 시절 보았던 엄마의 행동을 그대로 답습하고 있었다. 결혼하고 첫째 아들이 초등학교 입학한 후, 집에 있는 것이 답답하여 사회활동을 시작하고 연구소에서 일을 하였고, 아이들은 학교에서 돌아오면 혼자서 공부하고 놀면서 엄마를 기다리는 일상이 되고 말았다.

풍수지탄風樹之嘆은 논어에 나오는 일화에서 비롯된 고사성어故事成語로 나무는 고요하고자 하나 바람은 멎지 않고, 자식은 봉양하고자 하나 어버이는 기다려 주지 않는다는 뜻이다. 즉, 부모님은 나의 효孝를 기다려 주지 않는다는 것을 의미한다. 이 글을 볼 때마다 부모님이 언제까지고 곁에 계실 것이라고 착각하고 살았던 나의 어린 시절이 한없이 부끄러워진다. 나를 위해 최선을 다해 준 엄마를 이해하기보다는 오히려 투정 부리고 떼를 쓰던 어린아이가 나의 모습이고, 어른이 되어서는 엄마의 행동을 그대로 닮고 있는 나이기에 더욱 부끄러워진다.

갓 태어난 아이는 엄마의 체취가 묻어나는 향기를 맡으며 편안하게 새근새근 잠이 든다. 그러나 어른이 되어 맡는 엄마의 향기는 마음속 깊숙한 곳에서 피어오르는 뭉클함이다. 그 속에는 엄마 품에서 자랐던 30년의 세월이 피어난다. 일일이 설명할 수는 없지만, 후회와 죄송함이 묻어나는 흔적들, 그리고 엄마에 대한 고마움을 전달하기보다는 더 많은 욕구를 채우려는 나의 행동들이 후회와 반성으로 범벅이 되어 엄마의 향기로 피어난다.

엄마의 엄마는 정년퇴임을 한 후, 시간적 여유를 가지고 교회도 나가고 경로당도 다니시곤 하였다. 그러나 엄마의 일상은 새벽부터 저녁까지 병원에서 환자를 돌보는 간호사 일을 하는 것이었기에, 엄마에게는 이웃을 만나 수다를 떨고 재미로 화투놀이를 하거나 열심히 찬송하며 기도하는 일들이 익숙하지 않았다. 직장생활이 습성화된 엄마는 낯선 변화에 적응하지 못해, 혼자 집에 머무르는 시간이 자연스레 많아졌다. 애교도 없는 딸이 찾아가면 반가워하고, 손녀딸이 학교에서 돌아오면 간식을 챙겨 주는 것이 일상의 전부였다. 다른 엄마처럼 수다도 떨고 자식 이야기도 하는 평범한 일상을 뒷전으로 하고 자식들을 위해 열심히 일해 온 엄마는, 평범한 아줌마들의 행동이 낯설어서 주로 집 안에서 혼자만의 생활을 하고 있었다. 지금 생각하면, 그 당시 엄마의 엄마는 많이 외로운 삶을 살고 있었다. 자기의 욕심은 내려놓고 오직 자식들을 위해 자신을 희생하며 살아 온 엄마의 엄마는, 자식들이 결혼하여 아이를 낳고 잘 살아 주기를 바라면서 항상 슬며시 웃음을 지으며 우리들을 조용히 지켜보셨다. 엄마와 함께 목욕을 하던 날, 엄마의 엉덩이가 퍼렇게 멍들어 있는 것을 보고 물었더니, 엄마의 엄마는 의자 생활을 오래해서 그렇다고 이야기할 뿐이다. 지금 생각해 보니, 그것은 자기 몸을 아끼지 않고 오직 자식을 위해 사셨다는 흔적이었다.

여주 남한강 묘원에 가서 엄마의 향기를 맡아 본다. 서울에서 고속버스를 타고 여주 버스터미널에 내려 한 시간 정도 택시를 타고 찾아간다. 남한강 묘원까지 가는 버스는 자주 없어서, 날씨가 좋을 때는 일반버스를 타고 금당초등학교 앞에서 내려 걸어가기도 한다. 걷기에는 상당히 먼 시골길이어서, 운이 좋을 때는 마음씨 좋은 운전자가 자가용을 잠시 멈추고 남한강 묘원까지 태워 주기도 한다. 그곳까지 가기는 힘들지만, 아침 일찍 강남 터미널에서 꽃을 사고 버스를 타면 저녁에는 서울로 돌아올 수 있는 거리라서 마음먹으면 언제나 갈 수 있다. 그러나 일상이 바쁘다는 이유로 자주 찾지 못하고 차일피일 미루다가 마음속 깊숙한 곳에서 엄마의 향기기 피어오르면 그곳으로 향하곤 한다. 그곳에는 엄마의 엄마가 있다. 오랜만에 찾을 때는 묘지 봉우리에 흙이 패어 있기도 했다. 몇 년 전에도 그런 일이 있어 손으로 흙을 모아 덮고 있는데, 묘원을 관리하는 아저씨가 삽을 들고 와서 묘지를 다듬어 주기도 하였다. 정말 고마웠다. 정말 서로 돕고 살려는 좋은 사람이 많은 세상이다. 그날 엄마의 향기를 맡으며 이야기를 나누고 돌아오는 길은 평소보다 몸이 가볍고 날아갈 것 같아 금당초등학교 버스 정류장까지 걸어서 버스를 타고 집으로 돌아왔다.

엄마는 엄마의 엄마를 지금도 이렇게 그리워하면서 만나고 있다.

후리지아 (수채색연필, 190x250mm)

엄마의 엄마

　어머니의 삶을 추억해 본다. 어머니를 통해 나를 만나는 순간, 내 머 릿속 어머니는 언제나 살아가는 데 전력을 다하고 주어진 일을 숙명적 으로 받아들이는 그런 분이었다. 자신의 삶에 대한 자유를 누리지 못하 고 바쁜 일상에 늘 속박되어진 그 자체가 바로 어머니의 삶이었다. 어머 니에게 미처 다하지 못한 이야기들, 마음 한구석에 사무치는 그리움이 깊숙한 가슴에 자리 잡고 있다. 어머니의 삶을 생생하게 되살려 놓을 수 는 없지만, 어머니의 기억을 더듬어 가는 과정이 나의 일상에는 뿌리 깊 게 자리매김하고 있다. 푸른 하늘보다도 높고 푸른 바다보다도 넓은 어 머니. 가까이 있을 때는 느껴 보지 못한 고마움을 더듬어 보며 어머님의 은혜를 생각해 본다. 특히 따뜻한 봄날, 여기저기 노랗게 물들어 가는 개나리 모습을 보면 그런 엄마가 더욱 생각난다. 노랗게 짙어만 가는 봄 거리에서 마음을 설레게 하는 엄마의 얼굴을 그려 본다. 화창한 봄빛 처럼 청초한 만물의 빛을 흠뻑 간직한 그녀의 모습 속에 피어오르는 인자한 미소, 그녀만의 독특한 체취인 듯, 항상 맴돌고 있는 따뜻한 분위기는 그녀의 변함없는 세월을 말해 주고 있다.

언제나 변함없이 오늘을 오늘로서 만족하며 과거는 과거로서, 미래는 미래로서 아무런 욕망과 잡음 없이 순수하게 살아온 그녀의 모습을 그려 볼 때마다 무한한 존경이 앞선다. 누구보다도 수줍어하면서 누구보다도 강하게 살아온 엄마. 유별나게 점잖았고 무뚝뚝한 그녀였지만, 항상 그녀의 주위를 맴도는 풍요한 온정은 보는 사람에게 평온함을 안겨 주었다. 내가 어렸을 때, 철없는 나의 손을 잡고 가다가 불쌍한 아이를 만나면 작은 돈이라도 손에 쥐어 주었던 따뜻한 엄마의 모습이 눈앞에 어른거린다. 수십 년을 혼자의 몸으로 오남매를 공부시키면서도 힘든 기색을 드러내지 않고 내가 하고자 하는 일을 언제나 지지해 주며 용기를 주고 격려해 주었던 엄마, 다시 태어나도 그녀와 함께 살고 싶다. 주변에서 '장한 어머니'로 추천받았을 때도 겸손하게 사양하던 엄마였다. 나는 그런 엄마의 겸손함이 더욱 자랑스러웠다.

초등학생 시절 어느 날, 오빠와 술래잡기를 하며 놀다가 발바닥에 큰 못이 박혀 학교를 가지 못한 나에게, 엄마는 노란 원피스를 사주셨다. 노란 원피스 밑단에 진한 줄이 있는 폭이 넓은 원피스, 계단에서 엄마를 기다리고 있던 나는 엄마의 선물에 깡충깡충 뛰며 기뻐했다. "우리 엄마, 최고!"라고 외치며 원피스를 입고 이리저리 뛰어다니며 좋아했다. 다리가 불편한 나에게 엄마는 무언가 기쁨을 주고 싶었나 보다. 그런 일이 있어서 그런지는 몰라도, 나는 노란색을 제일 좋아한다. 그래서 오랜 세월이 지난 지금도 노란색만 보면 엄마의 모습이 떠올라 마음이 설

렌다. 특히 노란 민들레꽃은 언제부터인가 나의 꽃이 되어 있었다. 민들레꽃을 보면, 마음이 편안해진다. 민들레는 이른 봄에 뿌리에서 깃 모양으로 깊이 갈라진 잎이 나고, 높이 30cm 정도의 꽃줄기 끝에 노란 꽃이 4~5월에 피며 밤에는 오므라든다. 씨에는 흰 깃털이 있어 바람이 불면 멀리 날아가 다음 해를 기약하는 씨앗을 퍼트린다. 잎은 식용하고 꽃 피기 전의 뿌리와 줄기는 한방에서 땀을 내게 하거나 강장強壯하는 약으로 쓰고 있어, 봄 들판에 널리 퍼져 있는 민들레를 보면 다른 이를 항상 보듬어 주던 엄마의 작은 정성이 더욱 생각난다.

엄마의 엄마는 고마움을 전하는 명절이나 연말연시가 되면, 작은 선물을 포장하여 이웃에 나누어 주었다. 국군장병 위문품은 물론, 비누와 치약을 박스로 사와 하나하나 포장하여 주변 사람에게 나누어 주는 작은 정성을 나에게 보여 주며 함께 밤을 지새우는 것이 엄마의 연말 행사였다. 그리고 사소한 잘못이 있어도 스스로 깨닫기를 바라며 묵묵히 지켜봐 주시던 엄마, 엄마 자신보다 자식을 우선 생각하며 가정을 꾸려 온 엄마, 자녀가 선택한 일에 최선을 다하도록 격려해 준 엄마, 그리고 한심스러운 자식의 행동에 다그치는 일 없이 이야기를 잘 들어주시던 엄마. 엄마의 엄마는 그렇게 나에게 다가왔다.

고등학교 졸업하고 대학 진학할 때도, 엄마는 대학 재학생인 오빠들의 등록금 마련에 벅차 하며 추가로 대학 등록금을 마련해야 하는 걱정 때문에 나에게 직장생활을 권했지만, 그래도 내가 대학 진학 의사를 밝혔더니 장학금을 받을 수 있는 간호학과를 선택하도록 도와주셨다. 그래서 가고 싶은 학과를 포기하고 장학금을 받을 수 있는 간호학과에 입

민들레 (유화, 409x318mm)

학하여 다니게 되었다. 그 당시에는 많은 간호사들이 미국이나 독일로 이민 가던 시절이어서 인기 있는 학과이기도 하였다. 그렇게 대학 진학을 하고 졸업 전에 취업이 되었지만, 간호사 생활 적응이 힘들어 결혼한 후에는 그만두었다. 그리고 아들들이 초등학교 입학하였을 때, 여성문제를 연구하는 연구소에 취업하여 대학원도 다니고 하고 싶은 공부도 더 할 수 있었다.

지금은 만날 수 없는 엄마지만, 항상 너그럽게 맞아 주시며 따뜻한 정情으로 감싸 주시던 엄마는 구름에 가린 태양처럼 하늘 뒤편에서 항상 나를 지켜보고, 잔잔한 미소를 보내며 용기를 주시고 있다. 두드러지게 자신을 드러내지 않으면서도 우리의 버팀목이 되어 주신 엄마. 엄마의 존재 자체는 나에게 위안이며, 안식처로서 언제나 내 마음에 함께하고 있다. '여자는 약하지만 엄마는 강하다'는 꿋꿋함으로, 자식을 사랑하되 그 사랑에 빠지지 않는 지혜를 가르쳐 준 엄마이기에 더욱 존경스럽다. 아이들을 이해하고 아이들의 말을 끝까지 들어주며 기다려 주던 엄마는 내가 잘못을 저질렀을 때 스스로 용서를 빌 수 있는 용기를 기다려 주셨다.

그렇게 내 곁을 지켜 주시던 엄마와의 추억들이 흑백사진으로 멀어져 가고, 내가 엄마가 되어서야 엄마의 엄마가 좋아했던 것이 무엇인가를 생각해 본다. 딱 떠오르는 것이 없다. 내가 엄마한테 요구한 것은 많이 생각나지만, 엄마가 살아 계실 때에 특별히 좋아한 것을 해드린 기억이 없다. 엄마도 좋아하는 것이 분명히 있었을 텐데 말이다. 내가 좋아서 시장구경도 하고 백화점도 따라 다니면서 내가 가지고 싶은 목걸이

나 예쁜 옷을 사달라고 하였지만, 엄마에게 필요한 물건을 해드리지는 못했다. 정말 미안하다. 엄마의 엄마도 여자이니까 가지고 싶은 것도 많았을 텐데, 마음이 뭉클해진다.

엄마의 엄마는 나와 함께 다니는 것을 즐거워하면서 행복을 더해 갔다. 성탄절에는 교회도 같이 가고 거리 산책도 하고, 필요한 물건도 사러 다니면서 세상 이야기를 들려주고 살아가는 지혜를 가르쳐 주며 기뻐하셨다. 그러나 철없는 딸은 엄마로부터 독립하기 위해 홀로서기를 하는 과정에서, 엄마의 뜻을 거스르는 일들을 하여 가출도 하고 엄마를 힘들게 하였다. 그래도 엄마는 나를 야단치기보다는 묵묵히 멀리서 지켜보고, 응석만 부리는 딸을 기다리며 감싸 주었다. 내가 한 가정을 꾸리고 아이를 낳고 기르면서 힘든 시간을 보낼 때, 비로소 엄마의 엄마를 그리워하며, 미안한 마음을 가져 본다. 엄마의 기대에 못 미치는 딸이 되어서 미안해, 멍청하고 바보 같은 딸을 용서해, 엄마가 무엇을 좋아하는지도 모르고 지낸 시간들, 엄마에게 해준 것이 없어서 미안해... 등. 잘하고 싶었는데 엄마가 딸을 사랑하는 마음을 미처 발견하지 못한 채 살아온 세월, 마음대로 되지 않아 힘들었던 시간들을 잘 지낼 수 있도록 용기를 준 엄마, 모든 것이 미안한 마음뿐이다.

엄마의 엄마는 헛바닥에 붉은 테두리가 돋을 정도로 우리를 위해 열심히 바쁜 시간을 보냈다. 피곤할 때 나타나는 헛바늘의 아픔을 참아내며 틈을 내어, 맛있는 것도 해주시고 용돈도 주시며 도닥거려 주었다. 어린 나에게 혀에 돋은 붉은 반점을 보이며 아프다고 하였을 때도 "엄마, 많이 아파" 하고 하였을 뿐, 더 이상 해드린 것이 없었다. 세월이 흘러 마음의 여유를 가지게 된 지금, 그 고통을 다시 생각해 본다. 다시금 엄마에 대한 미안함이 심금을 울린다. 그리고 일산에 있는 언니를 만나 엄마의 모습을 그려 본다. 힘들 때에 위로가 되어 주었던 엄마, 지금은 언니가 그런 모습으로 날 반겨 주고 있다. 몸이 불편하여 외출이 자유롭지 못한 언니를 찾아가 이야기를 나누다 보면, 우리 곁에는 엄마의 엄마가 함께하는 착각을 한다. 일산 언니가 좋아하는 백합을 그리면서 잔잔한 엄마의 모습을 상상해 본다. 하늘을 바라보며 한 점 부끄럼 없이 살아온 엄마의 딸로, 내 마음속에 새겨진 엄마처럼, 오늘을 살아간다. 아이들을 이해하려 노력하고, 바쁜 일상에서 자기를 돌아볼 줄 아는 여유와, 두려움을 다스리는 용기, 겸허한 마음으로 참된 지혜를 받아들이는 열린 마음, 폭풍우 속에서도 온유함을 지키는 굳은 의지를 되새기며, 이것이 엄마의 엄마로부터 받은 재산임을 기억하며 오늘을 살아간다.

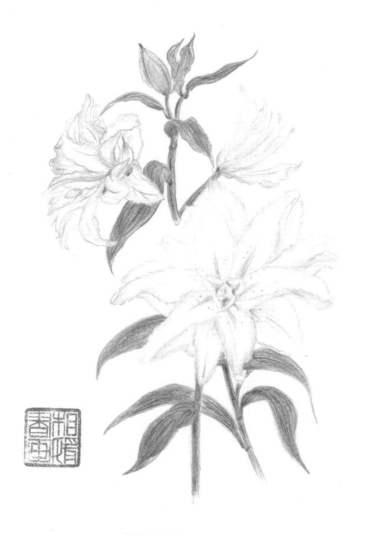

백합 (수채색연필, 190x250mm)

엄마 같은 언니

나보다 12살 많은 언니는 엄마 같다. 오남매 첫째 딸로 태어나, 아버지가 살아 계실 때는 다복한 가정에서 온갖 사랑을 독차지하며 행복한 시간을 보냈던 첫째 딸이었다. 그러나 6·25전쟁 이후, 아버지를 잃은 언니는 15살 나이로 나를 업고 부산으로 피난을 가야 하는 힘든 여정을 겪어야 했다. 남자로 태어난 오빠들은 할머니가 귀여운 손자라고 수레에 싣고 부산으로 떠났지만, 여자로 태어난 언니와 나는 걸어서 가야만 했다. 나를 업고 피난 가는 길이 너무 힘들어 나를 내려놓기도 하였지만, 책임감이 강한 언니는 나를 업고 끝없는 피난길을 걸어갔다. 가는 도중에 너무 힘들어하는 언니를 본 낯선 아저씨가 나를 업어 주기도 하여 힘든 피난길을 무사히 이겨 낼 수 있었다. 나는 그런 일에 대해서는 전혀 기억이 없지만, 지금도 언니는 나를 보면 그 시절 힘든 상황을 이야기하며 한숨을 내쉰다. 그러니 나는 언니 덕으로 이 세상을 살아가고 있는 것이 아닌가. 언니가 없었으면 벌써 이 세상 사람이 아닐 수도 있겠다는 생각이 언니에 대한 고마움으로 이어진다.

　오남매의 맏딸로서, 엄마의 엄마가 힘들 때 엄마 친구도 되어 준 언니, 그리고 여자로 태어나 항상 오빠들보다 뒷전에 서있었던 언니, 일하는 엄마대신 가정 일을 돌보며 자신의 희망을 접어야 했던 언니, 동생들을 모두 대학에 보내기 위해 자신의 공부를 포기하였던 언니, 그런 언니가 항상 내 곁에 있어 행복하다. 내가 직장생활을 시작할 때도 근처에 사는 언니가 많은 도움을 주었다. 아침에 출근하여 저녁에 퇴근하는 나를 대신하여, 학교에서 돌아온 조카들(내 아들들)에게 떡볶이와 냉면, 비빔국수 등 간식을 만들어 주고 아이들도 보살펴 주었다. 지금도 아들들은 우리 이모의 비빔냉면은 최고라고 할 정도로 몹시 좋아한다. 어쩌다 엄마가 간식을 만들어 주면, 이모한테 배우라고 한다. 그런 언니가 있었기에, 나는 내가 하고 싶은 공부를 계속하면서 직장생활을 즐길 수 있었다.

　언니는 삼남매를 키우면서 살림을 알뜰하게 하는 평범한 주부로 살고 있다. 첫째 딸은 언니를 닮아 야무지게 자라서 중학교 교편생활을 하다가 미국으로 이민 가고, 둘째와 셋째 아들은 결혼하여 자기 생활을 꾸려 가고 있다. 생활력이 강한 언니와 형부는, 아이들과 독립하여 사는 노인부부 세대다. 몇 년 전부터 병든 언니를 돌보는 형부는 집안 살림을 도맡아 하신다. 일주일에 다섯 번 정도 언니를 돌보는 요양사가 와서 집안일을 돕기는 하여도, 시간제로 일하는 요양사가 없는 시간에는 손수 밥도 하고 국도 끓이고 반찬도 만드는 형부는 80세가 넘었다. 근처에 사는 며느리가 자주 드나들며 음식을 만들어 주지만, 그래도 손수 하는 것이 편하다고 하신다. 요양사가 오는 낮 시간에는 근처 복지관에서 바둑도 두시고 친구와 어울리는 건강한 생활을 하고 있다. 그러나 아파서 외출을 못 하는 언니를 뒷바라지하는 형부는 가끔 불편한 심기를 토로하신다. 젊었을 때 열심히 살아온 형부는, 자신의 노후생활이 자녀와 함께 사는 가족의 그림이라고 생각했는데 그렇게 되지 않아 섭섭하다고 이야기한다. 나는 형부와 소주 한잔을 하며 경상도 사나이의 한스러운 인생살이 이야기를 들어준다. 언니도 본인의 이야기를 안주로 받아주는 나를 좋아한다. 이것이 인생이다. 그리고 우리들은 먼저 살아간 선배 노인들처럼, 외로운 길을 벗어나지 못하고 답습하며 그럭저럭 살아간다. 그것이 행복이다.

지금도 언니를 만나면 편안하다. 내가 어렸을 때는 12년이라는 나이 차이로, 언니는 집안일을 열심히 하고 나는 직장생활을 하여 서로의 관심 분야가 달라 생각도 각각이었다. 그러나 내가 60이 넘어 주변 사람을 돌보는 일을 하다 보니까, 언니를 자주 찾아 의논하게 되었다. 언젠가 언니는 넘어지는 바람에 허리를 다쳐 병원에 입원하여 수술까지 받아 완쾌되었지만 또 다른 병명(복강내 암세포 발견)으로 지금은 병원을 자주 드나들며 집 안에서만 겨우 움직인다. 나이 들어가는 세월을 거스를 수 없어 자연스럽게 집 안에서만 움직이는 정도로 쇠약해졌다. 그런 언니가 언제나 나를 걱정하고 있다. 내가 가면 운동 열심히 하고 아프지 말라고 하신다. 본인의 아픔은 뒷전으로 미루고 항상 주변 사람들을 걱정하는 언니, 만날 때마다 무엇인가 손에 쥐어 주려고 하는 언니가 늘 고맙다.

블루베리 (수채색연필, 190x250mm)

아들에게 보내는 편지

오늘, 아들은 어떤 생각을 하고 있을까? 너희들이 태어날 때 옆에서 엄마를 지켜 주던 외할머니가 의사 옆에서 너의 탯줄을 가위로 자르고 무척이나 기뻐하셨다. 그러한 기쁨을 가지고 태어난 너희들, 어려서는 함께 가족을 만들어 가며 서로의 마음을 알 수 있었다. 그러나 사춘기에는 수줍은 듯 말없이 묵묵히 지내다가 청년기를 지나 군입대하면서 각자 독립선언(?)을 한 듯, 집에서는 거의 말이 없구나. 엄마는 항상 아들이 어떻게 친구를 만나고 어떤 일을 하고 무엇을 좋아하는지 궁금해서 늘 아들에게 묻고 싶었다. 그러나 아들은 말이 없고, 엄마의 물음이 참견으로 들릴까 봐 조심스럽게 입을 열지만 말을 하지 못한 시간이 여러 번. 끼니 때 밥을 챙겨 주는 일만이 엄마의 역할인 듯하여 때로는 서운하기도 하였다. 엄마로서 할 수 있는 것은 먼 훗날 좋은 사람으로의 성장을 기대하며 열심히 공부하고 좋은 친구 만나기를 마음으로 기도하고, 군대 갔을 때는 씩씩한 남자로 거듭나기를 기대하며 멀리서 지켜

보며 마음으로 응원하는 일이 전부였다. 건강하게 자신의 능력을 키워 가는 자랑스러운 아들이 옆에 있으면 고생했다고 포옹이라도 해주고 싶었던 그 시절에, 엄마는 아들들이 어떻게 지내고 있는지 여러 가지가 궁금하였다.

엄마에게 어리광을 부리며 이것저것 물어보던 아들들이 중학교에 들어가더니 말이 없어졌다. 궁금하여 물어보면 "잘 지냈어", "별일 없어" 하고는 자기 방으로 들어간다. 특히, 사춘기 남자아이들은 자기끼리의 힘겨룸 등의 소영웅주의에 빠져들기 쉬워서 친구와 싸우기도 잘하고 여자 친구에게 관심을 가진다는 말을 듣고 친구관계도 정말이지 많이 궁금했다. 그러나 물을 수가 없었고 물어도 간단한 대답뿐, 엄마의 말은 허공으로 사라지기 일쑤다. 그러한 세월이 거듭되던 어느 날, 아들들은 엄마를 걱정하는 대견함을 보이는 성인으로 다가왔다. 대학입학을 위해 시험을 보는 날, 점심시간에 평소 좋아하던 김밥을 먹었는데, 소화가 안 되어 영어로 문제를 풀어야 할 영어시험 답안지에 한글로 쓰는 실수를 하여 재수생이 되었다는 이야기를 30대가 되어서야 엄마에게 말하는 너그러움을 지닌 아들이, 이제는 엄마의 일상에 관심을 가지고 끼어들어 말동무도 해주고, 자신의 생활이나 진로에 대해 이야기하고 미래를 고민하는 어른이 되었다. 처음에는 "꿈이 뭐냐?"고 물으면 학교공부 하느라 생각해 본 적이 없다고 이야기하여 답답했던 시절에, 엄마는 그래도 꿈을 생각해 보는 것이 좋겠다고 여러 번 이야기를 했을 뿐이다. 지금은 말없이 묵묵히 성장한 아들들이 스스로 자기 정체성을 찾아가는 대견함을 보여 기쁘다. 그리고 소리 없이 지켜본 엄마의 마음에 찬사를 보내며 아들에 대한 소박한 느낌을 적어 본다.

어미의 고통으로 세상에 태어난 아들아.
한 치 한 치 자라면서 어미의 모진 마음을
기쁨과 고통, 희망으로 부드럽게 반죽시켜 주는구나.

세월의 흐름과 더불어 때로는 반항하면서
다정한 이웃의 열린 마음을,
분노와 고통과 절망으로 뒤범벅시켰던 아들아.

지난날 네가 유치원 다닐 때,
엄마는 큰 기대를 해보았지.
누구보다 뛰어나고 훌륭한 사람으로 성장하길.

일상의 반복으로 성인이 된 지금,
너는 어미와 동행하는 말동무가 되어
어미를 이해하며 달래 주는구나.

어미가 살아온 세월보다는 더 좋은 세상에서
인생의 나이테를 만들어 가며 사는 아들아,
매사에 최선을 다하는 모습이 자랑스럽기만 하다.

너희들이 있기에 어미는 보람을 느끼며,

어미는 너희들의 앞날을 위해

최선最善을 흠뻑 보내고 싶다.

갓 태어난 아들을 품에 안는 순간, 엄마는 세상을 다 가진 만족감으로 고통을 모두 잊어버렸다. 품에 안고 젖을 먹이고 손짓 발짓, 그리고 기지개를 펴며 입을 옹알옹알거리고, 그런 아들의 움직임이 엄마에게 행복을 주었다. 그렇게 쑥쑥 자라는 아이들을 보면, 힘든 일을 겪어 내는 힘이 절로 솟았다. 아이가 울면 같이 아파하고, 놀며 웃으면 함께 즐기는 세월 속에서, 엄마에게 등대처럼 다가온 아들들이 있기에 일상에서 용기를 얻었다.

이 세상 어디인들, 바람이 일고 파도가 치지 않은 곳이 있을까. 그러한 일상에 흔들리다가도 아들들의 모습을 떠올리면, 엄마는 아무 일 없었던 것처럼 툭툭 털며 일어나곤 했다. 때로는 엄친아―엄마 친구의 아들―모범생이 되기를 기대하는 엄마의 잔소리를 귀에 거슬려 하며 제멋대로 행동하는 아들이 밉기도 하였다. 그러나 엄마와 아들의 관계가 기쁨과 즐거움으로 범벅이 되면서 엄마는 애틋한 정을 더욱 쌓아 갔다. 아들이 커가는 과정에서의 기쁨과 노여움, 슬픔과 즐거움 등의 여러 가지 감정感情들이 엄마의 마음을 더욱 단단하게 다져 주었다. 유치원 다니는 아들이 그림을 그려 오거나 글을 깨우치고 숫자를 알기 시작할 때, 누구보다도 훌륭한 사람이 되기를 기대하며 아들이 하고 싶은 일에는 정성을 다했다. 그러한 시작으로 성장한 아들들이 사춘기를 지나 성인이 되어, 자기 세상을 살고 있다. 엄마와 다른 세상을 경험하고 친구를 사귀고 이웃과 소통하며 떨치고 일어서는 방법을 배우며 삶의 지혜를 키우고 있다. 아들 스스로 감격하고, 놀래고, 두려워하는 감정을 조절하며 자신을 살피는 지혜, 오직 바른 것을 지키고 이웃을 배려할 줄 아는 사랑, 그리고 마음에 정직한 일상을 살려고 노력하고 있다. 어미가 살아온 세월의 나이테가 헛되지 않기를 바라는 마음에서 아들의 최선을 찾아본다.

아들들과 다른 세상을 살아온 엄마와 소통하고 속박된 엄마의 삶을 이해하며 세상의 자유로운 경험을 함께 나누는 시간을 가지는 아들들. 엄마가 경험한 세상보다 나은 세상의 삶을 위해, 꾸준히 무엇을 더하며 메워 가는 미래가 아들에게 있기를 희망해 본다. 한 번밖에 없는 인생을 굳게 믿고 희망과 용기로 날마다 힘찬 활동을 해나가는 세월이 언제나 머물러 있기를, 그리고 그것이 살아가야 할 덕목으로 자리매김하기를 기대해 본다.

아이리스 (수채색연필, 190x250mm)

손녀, 손자에게 배운다

스마트폰을 가지게 되어 기뻤다. 스마트폰은 휴대전화에 인터넷 통신과 정보검색 등 컴퓨터 지원 기능을 추가한 지능형 단말기로서 사용자가 원하는 애플리케이션을 설치할 수 있는 것이 특징이다. 이동 중 인터넷 통신, 팩스 전송 등이 가능한 제품이 출시되었다. 휴대폰과 개인휴대단말기(personal digital assistant; PDA)의 장점을 결합한 것으로, 휴대폰 기능에 일정 관리, 팩스 송·수신 및 인터넷 접속 등의 데이터 통신기능을 통합시킨 것이다.

내가 가지게 된 스마트폰은 S전자의 스마트폰으로 터치스크린 방식으로 데이터를 송·수신하며 영한·한영사전 검색이 가능하고, 언제 어디서나 장소 상관없이 텔레비전 또는 라디오 시청, 게임까지 쉽게 할 수 있어 편리하다. 스마트폰을 손에 들고, 시대에 뒤지지 않은 신세대라는 자부심으로 친구에게 메시지를 보낸다. 스마트폰을 열고 글자판을 두들겼다. 그런데, 기존에 쓰던 핸드폰과 입력 방법이 달라 '쌍기역', '쌍

디근', '쌍시옷'을 입력할 수 없었다. 옆에 있던 손녀가 답답해하며 끼어든다. "할머니, 그거 세 번 눌러 봐" 하더니 스마트폰을 가져가 "이거는 이렇게 하는 거야" 하면서 화면을 이리저리 바꿔 놓고 인터넷도 자유자재로 하는 등, 자그마한 손을 요리조리 옮기면서 혼잣말로 스마트폰에서 할 수 있는 기능들을 설명하고 있었다. 손녀가 말하는 속도도 스마트폰처럼 빨라서 이해하기 힘들었다. 내가 알고자 하는 것은 잘 전달받았지만, 그 이외에 이해되지 않는 부분은 다음 기회에 배우기로 하고 손녀가 말하는 모습만 우두커니 바라보았다. 엄마는 손녀의 말보다는 빠르게 움직이는 고사리 손이 귀여워 바라볼 뿐, 말하는 내용은 귓전에 들리지 않았다.

그뿐이 아니다. 디지털 카메라로 사진을 찍어 프린터로 인화지 출력할 때도 손녀의 도움이 필요했다. 디지털 카메라는 사진을 찍으면 화면을 카메라에 내장된 디지털 저장 매체에 저장하여, 카메라와 스캐너의 역할을 대체할 수 있는 카메라다. PC의 화상 데이터와 호환성이 높아 편집 및 수정이 간편하여 많이 사용하고 있다. 스캐너를 이용해 이미지를 생성하려면 피사체를 카메라로 촬영한 후 이것을 현상한 슬라이드 필름이나, 인화지에 인화한 후 만들어진 사진을 스캔하여야 한다. 디지털 카메라는 카메라와 스캐너의 역할을 대체할 수 있는 장치다. 즉, 현실의 장면을 필름에 기록하지 않고 디지털 카메라에 내장된 디지털 저장 매체에 저장하여 스캐너를 통하지 않고 직접 컴퓨터에 디지털 이미지를 입력할 수 있다. 이전에 사용하던 카메라는 영상을 아날로그로 기록하지만 이 카메라는 영상을 비트맵으로 분할하고, 각각의 휘도를 디지털로 기록한다. 일반 카메라와 같은 구조로 되어 있어 휴대할 수 있다. 촬영한 영상을 내부기억장치(하드디스크 또는 메모리 카드)로 저장할 수 있으며, 외부 컴퓨터와 연결하여 찍은 영상을 전송할 수도 있다. 나도 디지털 카메라로 사진을 찍고 인화지 출력을 시도해 보지만 잘 되지 않아 손녀에게 물어보았다. 역시 손녀는 척척박사다. 컬러 프린터의 전원을 켜고 키보드를 물끄러미 바라보고 있는 할머니에게 다가온 손녀는, 설명도 없이 작은 손으로 마우스를 만지며 클릭한다. 할머니 행동이 마음에 들지 않았는지, 혼자 프린터를 여기저기 누르며 손쉽게 사진을 뽑아낸다. 초등학교에 다니는 손녀는(책이 출간된 지금은 어엿한 중학생이 되었다) 할머니에게 많은 도움을 주고 있다. 그래서 항상 데리고 다니면 든든하다.

나이 들어가는 동료나 선배들이 시대에 뒤떨어진 생각이나 행동을 하는 것이 못마땅하여, 나는 젊음을 잃지 않으려고 젊은 아이들이 좋아하는 랩도 들으면서 스스로 노력해 왔다. 1990년대 컴퓨터가 보급될 때도 무조건 구입하여 설명서 지시대로 명령어를 입력하여 여러 가지 프로그램을 연습하고 스스로 자부심을 가지기도 하였던 엄마이지만, 아날로그에서 디지털로 이동하는 시대에 산다는 것은 역시나 힘들다. 여러 자료를 유한한 자릿수의 숫자로 나타내는 방식인 디지털은 익숙하지 않다. 아날로그 방식은 우리 눈에 보이는 그대로 저장하고 그대로 보여 주고 있지만, 시간이 지나고 점차 과학이 발전할수록 우리 생활에서 아날로그를 찾아보기는 점점 더 힘들어지고 있다. 우리가 생활하고 있는 모든 것이 아날로그 기반이지만, 그중 많은 것들이 디지털로 변해 가고 있다. 그러나 디지털이 아무리 편리하다고 해도 나에게 익숙한 아날로그의 매력이 따로 있기 때문에 주변에 아직 남아 있는 아날로그라 일컫는 것들을 자주 사용한다.

젊게 살기 위해, 늦은 나이에 다시 배우고, 빠른 곡의 랩을 듣고 컴퓨터 게임을 즐기고, 젊은 후배와 함께 놀러 다니고, 새로운 전자제품이 나오면 호기심을 가지고 만져 보기도 하고, 인터넷으로 여러 가지를 검색하고 블로그를 만들며 시대에 동떨어지지 않으려 노력한다. 그러나 아날로그 시대를 살아온 경험들이 디지털 시대에 걸림돌이 되어 힘들 때가 종종 있다. 우선 주변에 들려오는 용어들이 다르고 접근하는 방법이 다양하게 펼쳐져 나온다. 마치 여러 개의 퍼즐 조각이 순간적으로 엉켜져 하나의 그림으로 형상화된다. 단계적으로 문제해결을 하는 습성에 젖어 있는 나에게 3차원 또는 4차원의 그림이 한꺼번에 눈앞에 나타나고 그리고 다시 자유자재로 조합을 이루는 접근 방식이 낯설기만 하다.

그럴 때마다, 2000년대에 태어난 손녀가 나의 해결사가 되어 이 시대를 살아가는 지혜와 기쁨을 주고 있다. 해결하기 어려운 일을 쉽게 풀어 주고 능숙하게 고사리 손을 움직이며 할머니에게 최신 정보를 알려주고 있다. 때로는 아이의 생각이 아날로그 시대를 살아온 엄마와 달라 부딪침과 갈등으로 표출되기는 하지만, 어려움이 있을 때마다 척척 문제를 해결해 주는 손녀는 언제나 기특하기만 하다. 때로는 "수돗물을 아껴 쓰라"고 잔소리하는 손녀와 이야기를 나누며, 디지털 시대에서 살아가는 지혜를 배운다. 초등학교 5학년이 되면서 친구와 가까이하는 손녀가 멀어지는 것 같아 서운하기도 하지만, 친구를 만나면서 할머니가 알지 못하는 또 다른 문화를 접하고 와서 할머니에게 전달하곤 한다. "할머니, 친구와 파자마 파티하기로 했어"라고 말하면 나에게는 생소한 일이지만 그 자리에서 그대로 수용하고 "어떻게 하는 건데" 물으면 "응, 여자 친구끼리 집에 모여서 재미있게 놀며 자는 거야"라고 알려준다. 3학년이 된 손자도 한몫 거둔다. 누나처럼 휴대폰으로 메시지도 보내 주고 컴퓨터 게임에 대해 설명도 해준다. 그러면서 "할머니, 아프지 말고 오래오래 살아"라고 말한다. 손녀, 손자 없이 산다는 것은 정말로 불편한 일상이다. 수시로 변하는 디지털 시대를 살아야 하는 현실에서, 손녀와 손자는 내 생활에 길라잡이 역할을 하고 있다.

손녀와 손자들 (연필 소묘, 250x180mm)

금쪽같은 아이들

손자가 태어났다. 아이 인형처럼 새근새근 잠자고 있는 아이를 일으켜 세워 안아 본다. 허전한 마음이 가득 채워지고 편안해진다. 너희 삼형제를 품에 안았던 그때와는 또 다른 포근함을 느낀다. 이것이 할머니와 손자와의 관계이다.

아침에 늦잠 자는데, 아이 울음소리가 들렸다. 피곤하였기에 누군가가 아이 울음소리를 그치게 해주길 간절히 바랐다. 기다려도 아이의 울음소리는 더 커져만 가고 있어, 엄마는 늦잠 자는 것을 포기하고 기저귀를 갈아 주고 아침 우유를 먹이고 안아 주고... 등등. 부지런히 움직이며 아이와 함께, 아이와 엄마는 하나가 되어 눈 맞춤을 하고, 아이는 방긋방긋 웃고, 엄마는 아이 재롱에 바쁜 하루를 시작하며 피로감을 잊는다.

귀엽기 그지없는 아이가 울면, 어디가 아픈 것인가 하며 이마에 손을 얹어 보고, 배가 고픈 것인가 하며 안아서 가슴에 안아 보고, 기저귀가 젖었나 확인하기 위해 아이를 이리저리 뒤척여 보며 울음을 달래는 엄마의 모습. 아이가 아프면 하루 종일 우울하고, 아이가 웃으면 모든 일에 여유가 생기는 엄마의 하루다. 금쪽같은 아이를 위해 세상에서 제일 좋은 물건을 주려고 노력하고 정성 들여 음식을 만들어 먹이고 씻기고 안고 볼을 맞대어 부비며 "사랑해" 하는 엄마의 속삭임에 아이는 방긋방긋 웃는다. 아이와 즐겁게 웃으며 숨 쉬는 공간에서, 엄마와 아이는 소중하고 귀한 것이 무엇인지를 확인하고 행복해한다. 잠에서 깨어나면 오래간만에 만난 것처럼 꼭 안아 주고 건강하게 자라 주어서 '고맙다'고 마음속으로 속삭인다. 우리 곁에서 건강하게 웃고 있는 아이를, 우리들은 너무너무 사랑한다.

금쪽같은 아이가 태어나 백일 되는 날, 엄마는 백설기를 이웃과 나누어 먹으며 아기의 무병장수를 기원하고, 아기의 첫 번째 생일에는 아기를 위해 돌상을 차리고 쌀, 흰 타래실, 책, 종이, 연필, 돈 등을 정성껏 준비해 놓고 아이가 아장아장 걸어가 집도록 하는 '돌잡이'를 하여, 가족들이 아기의 장래를 예측하며 웃음꽃을 피우기도 한다. 그렇게 자란 손녀가 초등학생이 되어 예민해지고 짜증스러운 말을 자주 사용한다. 사소한 일에 짜증을 내고 화가 나면 동생을 때린다. 그러면서 내가 사춘기라서 그렇다고 한다. 손녀가 화를 내고 말도 하지 않고 누가 간섭하면 짜증부터 내어 힘들게 한다. 손녀의 얼굴이 너무 까칠해서 좋아하는 음식도 만들어 주지만 그것도 싫다고 한다. 친구들이랑 어울리는 것을 좋아하고, 부모의 간섭을 싫어하고, 별거 아닌 일에도 짜증을 내고 민감하다. 외모에 관심을 갖고 거울 보는 시간이 많아졌고, 자기가 좋아하는 옷을 선택하여 입는다. 정말 사춘기인가 보다. 어쩔 수 없다. 이것이 성장하는 과정이라면 통과의례로 생각하고 받아들이기로 한다. 사람이 출생하여 죽을 때까지의 시간을 통과하면서 치러야하는 의식通過儀禮이, 출생出生, 삼칠일三七日, 백일百日, 첫 돌, 책례冊禮, 관례冠禮, 혼례婚禮, 회갑回甲, 회혼回婚, 상례喪禮, 제례祭禮 등이지만, 성장하는 아이가 겪는 마음의 변화도 반드시 거쳐야 할 하나의 과정인 셈이다. 사춘기는 신체의 성장에 따라 성적 기능이 활발해지고, 2차 성징性徵이 나타나며 생식기능이 완성되기 시작한다. 이 시기를 경험하고 있는 아이들은 성에 대한 관심과 성적 충동이 높아지고, 육체적 변화와 함께 감수성이 풍부해진다. 또한 자아의식도 높아져 자기주장이 많아지고, 주위에 대한 부정적 태도도 강해져, 구속이나 간섭을 싫어하며 반항적인 경향으로 치닫는 일이 많고 정서와 감정이 불안정해진다는 이야기들이 있다. 그렇게 성장하는 아이를 지켜보며 아이의 행동을 이해하려 노력한다. 할머니는 손녀에게 다가가 "짜증쟁이 왔어" 하며 웃어 본다. 손녀는 반성하는 눈빛으로 애교를 부리며 "할머니, 미안해. 용서해 주는 거지" 하며 다가온다. 운동을 좋아하는 손자는 아빠와 공놀이를 하면 자기를 어린아이 취급하여 살살 봐줘서 재미없다며 친구와 노는 것을 좋아한다. 당당한 아이로서 자라려는 의지가 돋보인다. 활발하게 뛰어놀다가 할머니를 보고 활짝 웃으며 다가온다. 그리고 "할머니가 좋아하는 거 뭐야?" 하며 관심을 보이는 손자가 사랑스럽다. 아침잠이 많은 손녀는 잠자기 전에 할머니한테 예쁜 말—속삭이며 작은 소리로 일어나야 할 시간이야—로 깨어 달라고 부탁하고 이불 속으로 들어간다. 최근에는 학교 가는 길에 친구를 만나 등교하는 습관이 생겨 스스로 일찍 일어나려고 노력한다. 역시 가족보다 친구가 좋은 때인가 보다. 어디를 가도 친구와 같이하고, 친구와 비밀 약속도 하고, 그리고 할머니한테는 "친구한테 말하지 말라"고 하면서 친구와 있었던 이야기를 소상하게 말한다. 참 귀엽다.

너희들도 그렇게 자랐지만 너희들의 어린 시절에 대한 기억은 아물거린다. 지금은 사랑스러운 손녀와 손자가 마음에 가득하다. 서로 싸우고 고자질하고 웃고 울고 신나게 자기하고 싶은 일을 하며 주변 사람들에게 웃음을 안겨 주는 손녀와 손자를 보는 순간, 모든 걱정거리가 없어지면서 마음이 편안해진다. 아이들의 엉뚱한 행동이 나를 웃게 한다. 놀다가도 새로운 말이 나오면 궁금하여 질문도 하고 관심도 보이는 손녀와 손자에게서 순수한 정情을 깨달아 간다. 운동을 좋아하는 손자는 요즈음에는 야구에 푹 빠져 있다. 아빠와 야구장도 가고 친구와 야구를 하고 그리고 야구경기 중계를 자주 보며 할머니에게 야구경기 내용을 설명하고 있다. 기특하다. 오늘도 손자와 손녀를 떠올리며 밝게 웃어 본다. 금쪽같은 아이들이 있기에 오늘도 행복하다.

나이 들어가면서 어깨를 다친 기억도 없는데 어깨가 아프다. '좀 아프다 말겠지'라고 생각하지만, 시간이 갈수록 통증이 심해져, 팔을 위로 들어 올리기가 어려워져 세수하는 것은 물론이고 밥 먹을 때 숟가락을 들어 올리는 것도 힘들고, 화장실에서도 어려움을 겪는다. 별다른 외부 상처 없이 어깨가 아프고, 운동하기 힘들어 물리치료를 받아 보지만 잘 낫지 않는다. 그런데 어깨통증과 자주 나타나는 피로감은 손녀와 손자의 재롱으로 조금씩 가벼워지고 있다. 손녀와 손자의 말 한마디 '할머니 나와 함께 오래 살아', 금쪽같은 아이들이 내 마음을 달래고 있다. 다정하게 오순도순 이야기하며 할머니와 손자는 서로의 공백을 메워 간다.

아이는 이 세상에 태어나면 울기 시작한다. 이러한 울음은 앞으로 말을 하기 위하여 목청을 고르는 것이라고 한다. 그러다가 말을 하기 시작하고, 처음에는 입술을 힘 있게 열고 닫으며 "어-- ㅁ" 하며 소리를 내면, 엄마는 아이의 소리를 듣고 말하기 시작했다고 좋아하며 말하는 의미를 찾는 시행착오(?)를 여러 번 반복하며 재롱을 부리는 아이를 보듬어 준다. 아이마다 조금 일되고 늦됨의 차이가 있어 그 시기가 들쭉날쭉하고 귀여움이 천차만별이기는 하지만, 말을 배우는 과정에서 재롱둥이가 되지 않는 아이는 없다고 해도 지나침이 없다. 아이들이 말을 배우고 어른들의 말을 모방하고 그 모방이 칭찬을 받게 되면 잊지 않고 되풀이하며 말을 익혀 나간다. 말을 배우는 아이는 조금만 익숙해지면 한 번도 들은 일이 없는 기발한 표현(단어의 결합)을 하여 주위의 사람들을 놀라게 한다. 두 살도 안 된 손자는 할머니를 '할미', '미미'라고 부르고 할아버지를 '할비'라 부른다. 최근에는 초등학교 다니는 손자가 '스트레스stress'라는 외래어를 자주 사용하여 나를 놀라게 한다. 그리고 입으로 여러 소리를 내어 자기의 생각과 자기가 원하는 것, 뜻하는 것을 전달하고 있다. 금쪽같은 아이들은 새로운 말이나 행동을 들으면 가까이 다가와 궁금하여 묻는다. "이게 뭐야", "이게 무슨 뜻이야", "저 사람은 왜 그래", "할머니는 어렸을 때 어떻게 놀았어", "저것이 무엇이야" 등등. 때로는 귀찮기도 하지만 금쪽같은 아이들이 웃으며 다가와 즐겁다. 그리고 십대에 접어든 아이들이, 할머니의 힘든 상황을 읽으며 "할머니, 화날 때는 소리도 지르면서 마음을 풀어"라고 한다. 손녀의 말 한

노루귀 (수채색연필, 190x250mm)

마디를 듣는 순간, 마음이 뭉클해진다.

　너희들이 자랄 때와는 달리, 마음속 깊은 곳에서 우러나오는 아이들에 대한 사랑은 끝이 없다. 마음에 들지 않아 짜증을 내는 모습, 누나와의 말싸움으로 화를 내는 손자, 이곳저곳 뛰어다니며 노는 아이들, 말을 듣지 않고 제멋대로 하는 아이의 행동, 하지 말라는 행동을 하며 미안한 듯 미소를 띠우는 얼굴, 모두 사랑스럽다. 때로는 할머니의 휴식을 방해하여 마음에 들지 않고 성가시지만, 아이들이 커가면서 스스로 자기 잘못을 깨닫고 반성하는 눈빛을 보이며 바르게 살아가는 모습은 너희들의 어린 시절을 보는 듯 흐뭇하다. 금쪽같은 아이들이 있어 오늘도 웃는다.

자식 자랑은 팔불출. 세상 사람이 못났다고 하여도 엄마에게는 항상 으뜸인 아들들. 이것이 엄마가 살아가는 이유란다. 보기만 해도 의젓한 자태, 배려 깊은 심성, 올바른 판단력과 추진력 등. 세상의 모든 좋은 말을 수식어로 사용해도 어색하지 않은 너희들이기에, 오늘도 엄마는 아들 생각하며 혼자 흐뭇한 미소를 짓고 있다.

내가 팔삭둥이로 태어났지 칠삭둥이로 태어난 건 아닌데, 자식에 대해서만은 좀 팔불출인 것 같다. 나는 아들이 참 좋다. 가만히 보고 있어도 그렇게 좋을 수가 없다. 남들에게는 좀 우스운 일로 보이는 아들의 행동들이, 나에게는 흐뭇하고 자랑스럽다. 어린 나이에 서로 싸우고 다투다가도 엄마가 집에 들어오는 시간에는 주변 정리를 하여 엄마의 수고를 덜어 주던 아들들이다. 아들과는 촌수가 1촌이지만 그건 낳았을 때뿐이고, 사춘기 때는 4촌, 애인이 생기면 8촌, 결혼을 하면 '사돈', 자식을 낳으면 사돈의 8촌이 된다는 말처럼 자식들이 커가면서 엄마와는 점점 멀어진다고 한다. 그러나 '며느리의 남편을 아들로 생각하지 말라'는 친구의 충고도 나에게는 들려오지 않는다. 지금은 너희들의 뒤를 이어가는 손녀손자를 보며 서로 잘났다고 자랑하는 모습이 보기 좋다. 내가 봐도 우리 손녀손자들은 모두 똑똑하고 예쁘다. 보기만 해도 배가 부르다.

어린 시절, 두 살 터울인 너희들을 안고 업고 그리고 손잡고 다녀도 가벼웠던 걸음이었다. 세 아이를 업고 데리고 버스를 타고 다닐 때, 버스에서 잠을 자다가도 "내려야 한다"는 말 한마디를 하면 삼형제가 잠에서 깨어 일어났다. 특히, 운동을 좋아했던 너희들은 축구, 야구 놀이와 공놀이를 하며 뛰어다니며 골목에서 장난을 치곤했다. 그러다가 골목길에서 유리창을 깨트려 이웃집 아줌마가 너희들을 큰 소리로 야단치면, 엄마는 오히려 '운동하다가 실수할 수도 있지' 하며 용서했다. 어쩌다 학교에서 1등을 하면 평생 '우리 아들은 우등생'이라 자랑하고, 태어난 손자를 보고 '붕어빵이네' 하며 기뻐하고, 친구와 걸어가는 모습에서 '우리 아들이 제일 멋지다'라고 생각하며 어깨를 활짝 폈던 순간들이 여러 번이다. 어버이날이면 언제나 하는 말, "커서 돈 많이 벌어서 엄마 호강시켜 드릴게요", "건강하게 오래 오래 사세요"라는 너희들의 기특한 생각들이 나를 기쁘게 해주었다. 지금도 너희들이 현재의 삶에 적응하느라 힘든 생활을 하면서도 겉으로는 "걱정하지 마세요", "내가 최고예요", "아직 젊으니까 자신 있어요" 하면서 엄마의 마음을 달래는 너희들이 대견스럽다. 자식 자랑하는 팔불출 엄마라는 소리를 들어도 나의 기분은 좋기만 하다. 초등학교 다닐 때, 아들 삼형제가 모두 '착한 어린이상'을 받았다. 암튼 자식이 상을 받으니 엄마가 받은 상보다도 훨씬 기분이 좋았다. 세상에 가장 기쁜 일이 자식 입에 먹을 거 들어가는 것이라는 옛말을 곱씹어 보면, 자식이 잘 성장하는 모습을 보는 것이라는 뜻인 거 같다.

언제부턴가 나는 아들 팔불출이 되어 있었다. 다른 사람이 시간을 오래 끌면 능력이 부족하다고 하고, 아들이 시간을 오래 끌면 철저해서 그런다 하고, 다른 사람이 일하지 않을 때에는 게을러서 그렇다고 하고, 아들이 일하지 않을 때에는 바빠서 그렇다고 하고, 다른 사람이 자기의 견해를 주장할 때면 옹고집을 부린다고 하고, 아들이 주장을 강력하게 내세울 때에는 초지일관이라 한다. 다른 사람은 무례하다고 하고, 아들은 살아가는 방법이 조금 다를 뿐이라고 말하기 일쑤다. 다른 사람이 뻣뻣하면 목에 힘준다고 걸음을 빨리 걸으면 경박스럽다고 한마디 하고, 걸음을 느리게 걸으면 나사가 빠졌다고 일침을 가하면서도, 아들의 일거수일투족一擧手一投足은 모두 용서가 된다.

요즈음 친구들을 만나면, 자식들이 결혼을 하지 않아서 걱정이라고 고민하지만, 나는 그런 걱정이 없게 해준 너희들이 무척 자랑스럽다. 스스로 알아서 좋은 여자를 만나 결혼을 하고 아이를 낳고 가정을 꾸미며 사는 모습이 좋다. 성장한 자녀들이 결혼을 하려고 하지 않아 고민하는 친구들은 너희들이 효자들이라고 이야기한다. "어머니, 오늘 뭐 하세요" 하며 전화로 안부 인사를 하며, 좋은 아들을 선물로 주셔서 고맙다고 말하는 며느리들이 예쁘다. 아들을 자랑하는 나에게 친구들은 '며느리의 남편은 믿지 마!' 하며 경고를 주지만, 나에게는 너희들이 있어 행복하다. 오늘도 너희들이 대견스러워 친구들에게 자랑한다. 팔불출인 엄마는 아들로 인해 바보가 되어, 일방적으로 아들을 자랑하며 수다를 떤다.

물질 만능주의로 무엇이든지 돈으로 해결하려 하고 조건만 찾는 세상에서, 사람의 됨됨이를 우선으로 하는 가치관을 가지고 친구의 어려움을 함께 나누며 이웃을 배려하며 건강하게 살아가는 너희들은 세상 무엇과도 바꿀 수 없는 나의 자산이다. 오늘도 너희 삼형제는 서로를 보듬으며, 세상 사는 이야기를 나누며 서로의 공백을 채워 가고 있다. 그런 모습들이 엄마의 마음을 기쁘게 한다. 다른 사람이 나를 무시하고 지혜롭지 못하다 하여도 아들이 있기에 당당하고 내가 세상 사는 일이 더 재미있고 즐겁다. 세상 물정을 잘 모르고 어느 미지의 것을 더욱 알지 못하여, 내가 미련하고 우둔한 행동을 할 때도 있지만 아들과 함께 생각하는 세상은 내 삶의 모든 것이다. 그래서 나의 삶은 행복하다.

봄 이야기 (한국화, 170x250mm)

여자, 그리고 엄마의 마음

1980년대 여성문제를 상담한 적이 있다. 지금도 기억나는 일은 "여자의 마음을 모르겠다, 여자의 심리를 알려 주세요" 하면서 상담을 요청한 젊은 남성들이다. 나도 나의 마음을 알 수 없을 때가 여러 번 있어, 구체적으로 이야기를 해주지 못하고 그 남성의 이야기만 들어준 기억이 난다.

지금 나는 다시 묻고 싶다. 여자의 마음은 무엇인가. 여성들의 사회활동이 포괄적으로 이루어지면서 여성의 역할도 다양해지고 있는 현실에서, 여성들은 자유로운 선택을 하며 어머니 구실을 제대로 하면서 사회활동을 할 수 있을까? 사회활동을 하면서 무한한 경쟁을 잘 견뎌 낼 수 있을까? 가정을 지키면서도 떳떳함을 느끼고 보람을 가지고 괴로움 없이 지낼 수 있을까? 등. 혹시 이러한 문제로 인하여 혼돈과 불안 속에 빠져 살고 있지는 않은가.

내가 30대 중반 재취업을 하고 대학원에 입학하려던 시절에, 편두통으로 병원을 자주 찾았다. 그때마다 의사 선생님은 운동을 하거나 사회활동을 하라고 권하였다. 10년 동안 가정에서 머물던 내가 재취업을 하고 공부를 다시 시작하여 대학원 진학을 하였다. 그러한 과정에는 새로운 일에 대한 도전과 용기가 필요했다. 10년 동안 잃어버렸던 영어단어를 외우기 시작하고 직장생활과 병행하여 외국어학원을 다니면서 소홀했던 전문서적을 밤새워 읽으면서 스스로 용기를 잃지 않으려고 노력하였다. 용기는 자신이 자신 없는 일에 힘을 내어 그 일을 해내는 것, 내면의 강한 목소리, 씩씩하고 굳센 기운, 또는 사물을 겁내지 아니하는 기개임을 되새기면서 하루를 보냈다. 사회가 만들어 준 여성의 삶을 끊임없이 추구하면서, 다른 여성의 행동에 영향을 받으며 바쁘게 살아가는 현실이다. 이러한 일상이 엄마에게도 있었다. 어디선지 모르게 나타나는 압박감은 정신적인 스트레스로 엄마의 삶을 억누르기도 하였다. 도전에 대한 불안 또는 사회관계에서 부딪치는 압박감, 자신이 맡은 일을 훌륭하게 또는 유능하게 처리해야 한다는 강박감, 자신의 한계에 대한 불안 등이 굴레로 남아 있기도 하였다. 이러한 공포는 어디에서 비롯되는 것일까? 여자로 살면서 부모나 사회로부터 끊임없이 주입받아 온 모든 관념들이 우연이나 운수, 운명 따위로 빚어졌다고 생각하며 도전한다. 이러한 굴레에서 벗어나기 위해, 오늘도 나를 찾아 헤맨다. 나는 누구인가. 내 삶은 어디로 가고 있는가.

엄마가 되는 실제적인 경험, 임신과 출산, 양육의 과정에서 느끼는 기쁨이 좋다. 특히, 처음으로 엄마가 된다는 것은 아이에 대한 친밀한 관계의 감정과 개인적 목표의 성취로부터 오게 되는 개인적 기쁨이 결합

되어, 긍정적 경험을 제공하고 있다. 그러나 다른 한편으로 여성이 어머니로서 가지는 감정은, '좋은 어머니가 되어야 한다'는 하나의 역할을 요구받음으로써 종종 아이의 욕구에 대한 충족이 유일한 방법인 것처럼 보인다. 모성애의 요구와 능력을 개발하려는 여성 자신의 심리학적 욕구 사이의 갈등이 나를 망설이게 한다. 즉, 엄마는 아이(자녀)를 통해 사는 것이고, 엄마의 역할을 침해하지 않는 범위 내에서의 사회활동을 수용하는 삶 속에서 방황하며 평범한 여성으로 오늘을 살아갈 뿐이다.

너무 사랑이 많은 여성들은 다른 식구들의 욕구를 충족시켜 주려는 반면 자기의 욕구는 소홀히 하는 경향이 있다. 그러나 시대는 바뀌고 있다. 주부, 어머니, 아내이기 이전에 자신의 얼굴에 자아를 정립한 개인상을 이루려고 노력하는 여성들이 오늘날의 여성이다. '개인'을 중요하게 여기며 다양하고 깊이 있는 인간관계를 넓혀가는 여성들이 점점 늘어나고 있다. 가정에서, 학교에서, 그리고 여타의 장소에서의 공통적 경험을 통해, 여성의 생활과 여성에 대한 억눌림을 발견하고, 우리가 속해 있는 사회적 관계들에 대하여 관심을 집중시키고 있다. 선택을 당하기보다는 선택하는 여성이 늘어나고, 그들의 일상에서 매사에 당당한 모습, 혼자서 일어서려는 노력, 자아정체성을 찾아가는 용기, 사회 속에서 당당해지려는 의지 등을 엿볼 수 있다. 가정생활 이외의 관계에서 우리가 몰랐던 일들이 여자의 마음을 흔들고 있는 현실이다. 다른 사람과 의식적인 차원에서 소통하고, 서로의 다름을 인정하고 해결의 실마리를 찾아 진실을 쏟아 내는 여성들이 눈에 띄는 세상이다. 이 가운데에 내 손녀딸이 있고 며느리가 있다.

여자아이 (한국화, 170x250mm)

인생의 굴레

끊임없이 굴러가는 인생의 수레바퀴는 어디로 가는가? 만남과 헤어짐이 다람쥐 쳇바퀴 돌듯 돌고 도는 이 세상에서, 우리는 살고 있다. 만남이 있으면 이별이 있고, 그로 인한 숱한 슬픔과 기쁨이 씨줄과 날줄이 되어 얽히고, 흩어져 있는 퍼즐 조각을 맞추어 가며 일상을 완성해 간다. 그래도 우리는 피할 수 없는 엇갈림 속에서 서로 부딪치며 떠나보내고, 잊고 잊는 아쉬운 인연 속에서 헤어짐이란 아픈 상처를 달래고 있다. 오늘은 내 사람이었다가도 어느 날 돌아보면 낯선 사람이 되어 저만큼 물러서 있고, 어깨를 스치고 지나가던 사람이 어느 순간 내 사람이 되기도 하는 인생의 굴레에서 뜻한 바를 이루는 성공도 있는 반면, 실패와 좌절로 무너지는 순간도 있다. 그래서 나는 나에게 가해진 모든 비판에 대해 조금이라도 대답하려고 하기보다는, 현재 내가 아는 최선을 행하고 그를 위해 최선의 노력을 다하려고 한다.

일상은 어떠한가. "아는 것을 안다고 하고 모르는 것을 모른다고 하는 것이야말로 제대로 아는 것이다"라고 하지만, 내가 살아온 일상은 그렇지 않은 경우가 종종 있다. 주변에서 흔히 만나는 친구들이 사회적 사건이나 행동, 말, 경험 등을 지나치게 개인화하여 감정적인 갈등으로 표현하거나, 자신을 희생하며 스스로를 사랑하는 남자보다 남자들의 가능성과 사랑에 빠지고, 자신의 탁월함과 능력을 숨기고 자신의 힘을 포기하고 어린 소녀처럼 행동하기도 한다. 그러나 순수한 아이들의 일상은 그저 엄마의 잔소리로 시작한다. 엄마의 눈에 보이는 너희들의 행동이 못마땅해서 한마디 한다. "시간을 낭비하지 마라", "하루 종일 가만히 앉아 있으면 무엇이 되겠니?", "공부 좀 해라", "커서 무엇이 되려고 하니?" 등등. 엄마의 잔소리는 반복된다. 너희 삼형제는 어렸을 때 자주 싸웠고, 이 사실을 알게 된 아버지는, 삼형제에게 작은 주전자를 주며 한밤중에 약수터 물을 가득 가져오라고 벌을 주었다. 주전자 물을 흘리고 채워 오지 못하면 다시 약수터를 가도록 하여, 너희들은 약수터를 오르내리며 서로 화해를 하고 용서하는 일을 거듭 반복하면서 청년이 되었다. 청년이 된 후에는 서로의 자긍심을 존중해 주고 보듬어 주는 형제로서, 각자의 일, 관심사, 친구, 자녀들에 대한 생각과 고민을 함께하는 동반자로 일상을 보내고 있다. 성인이 되어 군 입대하는 날, 엄마는 짠한 마음을 감출 수 없어 몰래 눈물을 훔치며 입가에 미소를 지었다. 그리고 군복무 중, 너희들이 보고 싶어 면회를 갔을 때, 씩씩하고 건강해 보이는 아들들 모습에 매우 기뻐했다. 사회인으로 동료와 경쟁의식을 보이고 진로에 대해 고민하며 마음을 달래는 너희들을 지켜보고, 마음속으로 '네가 겪어야 할 통과의례'라고 속삭이면서 조용히 지켜보기도 했다. 너희들이 앓고 있는 고통은 너희 아빠도 겪어 온 것이며, 또한 이 세상 모든 사람이 살아가며 겪는 고민이기도 하다. 그래서 우리는 아픔을 함께하면서 서로의 고독함을 달래 주기 위해 만나 이야기를 나누는가 보다. 우연이든 필연이든 숱한 사람들과의 만남과 헤어짐에서 서로 위로하고 보듬어 주는 우애가, 인생의 활줄이 되어 하염없이 뻗어 나갈 것이다.

　때로는 각자가 자신과 자신이 가진 것을 너무나 사랑하기 때문에 서로에게 기쁨을 주지 못하고 오히려 슬픔과 괴로움을 주기도 한다. 현실과는 먼 성취욕이나 눈앞에 보이는 이득에만 열중한 나머지, 뜻과 같이 되지 않는 외부 조건 때문에 무서운 좌절을 경험하기도 하고, 마음속 깊은 곳에서 말하는 진실한 소리를 들을 수 있는 여유를 잃고 조바심으로 몸살을 앓기도 한다. 인생의 굴레가 힘들어 뒤돌아 가고 싶어도 걸어온 길조차 보이지 않을 때, 가느다란 빛줄기를 찾아 길을 만들어 가는 용기가 철없이 웃고 떠드는 아이들의 모습에서 비롯된다. 엄마 품에서 옹알거리던 아기가 이웃과 어울리며 사는 방법을 배워 가는 어린아이에서 성인으로 발 디디어 가는 과정 또는 가정을 꾸려 나가는 과정에서 비롯되는 용기가 생활의 근간을 이룬다. 이러한 여러 가지 생활들이 개인적으로 고통스러운 과정이지만, 그러한 고통을 견디어 내야 하는 굴레에 너희들이 있다. 너희 삼형제가 모여 서로 이야기를 나누는 모습을 보면, 엄마의 가슴속 멍울이 완전히 사라진 기분이 든다. 그리고 시어머니를 이해하려고 노력하는 며느리들의 행동들이 늘 나에게 편안한 휴식을 제공하고 있다. 너희들이 울타리가 되기도 하고 때로는 든든한 버

산수유 (한국화, 170x250mm)

팀목이 되어 주어, 엄마는 편안하다. 하루하루의 삶 자체가 도전일지라도, 희망을 주는 그물망이 되려고 노력하는 너희들에게 찬사를 보낸다.

여름

알고 있니?

동행同行

파도타기

타산지석他山之石

자화상自畵像을 그리며

행복한 그림

자존심

너희들은 최고다

엄마 나이가 서른일곱이고 너희들이 초등학교 입학한 어느 날, 편두통이 심해 병원에 갔더니 의사가 신경성 질환이니 외부활동을 하라는 처방을 주었다. 그리하여 일을 찾아 헤매다가 새로운 분야에 재취업을 하게 되었다.

연구소에서 일하게 된 엄마는, 너희들과 함께한 10년간의 집안일을 뒤로하고 새로운 일과 학문에 도전해야만 했다. 처음 일을 시작했을 때, 막내는 형들과 싸우면 회사로 전화해서 "엄마, 집에 들어와"라고 어리광을 부렸다. 그때마다 회사 다니는 것에 대해 회의도 느꼈지만, 한편으로는 이대로 주저앉으면 내 인생은 이것이 전부인 것 같아 마음을 가다듬으면서 용기를 내어 열심히 회사를 다니고 최선을 다했다. 내가 어렸을 때, 주변 사람으로부터 재능이 많다는 이야기를 들어온 엄마로서는 마음속 깊은 곳에서 솟아나는 욕구를 자제할 수 없었다. 힘들어도, 바쁜 시간을 쪼개어 영어학원도 다니고 대학원도 진학하였다. 집안일과 직장생활을 함께 잘할 수 없는 사회 분위기에서, 적절하게 시간을 조절하고 관리하는 것은 순전히 엄마의 몫이었다.

다시 시작한 일을 위해 대학원에 입학하여 새로운 공부를 해야 했다. 다른 사람보다 10년 늦게 시작한 일터에서, 집안 살림으로 책읽기를 멀리한 나의 무능함을 극복하기 위해 더욱 열심히 노력했다. 손바닥에 영어 단어를 적어 수시로 외우고, '한 번해서 안 되면 열 번하면 된다'는 각오로 밤낮으로 책을 읽고, 이해가 안 되면 다시 읽기를 반복하였다. 그때의 열정이 습관이 되어 지금도 '무언가 움직여야 내가 살고 있다'는 느낌이 든다.

주말에는 시각장애인을 위한 점역봉사를 하기 위해 명동에 있는 맹인선교회에 갔다. 그곳에서 점자를 배우기에 앞서 시각장애인을 이해하기 위한 거리 체험학습이 우선 이루어졌다. 검은 안대를 쓰고 다른 사람의 부축을 받으며 명동거리를 다니는 체험인데, 몹시 힘들었다. 육체적인 것보다는 정신적인 내적 갈등('혹시 아는 사람이라도 만나면 어떻게 하지' 하는 망설임)으로 더 힘들어서, 여러 번 망설이다가 용기를 내어 한 발 한 발 옮겨 목적지에 도착하였다. 목적지에 도착한 나에게 박수를 보내며 교육장으로 향했다. 그러한 체험학습으로 장애인을 더욱 가까이 할 수 있었다.

눈이 아니라 손끝으로 읽는 '훈맹정음'은 2개월 과정으로 교육이 이루어지고 있었다. '훈맹정음'은 일제 강점기(1926년)에 우리글도 숨죽이며 배우던 시절, 이중의 장애를 겪고 있는 시각장애인을 위해, 제생원 맹아부 조선인 선교사 박두성 선생이 조선의 맹아들이 손끝으로 읽기 쉽게, 초성·중성·종성이 혼동되지 않는 새로운 문자를 고안한 것이다. 이때부터 학교에 다니지 못하는 맹아들을 위해 전국 점자 통신 교육을 시작하여 죽기 직전까지 시각장애인들이 쉽고 재밌게 읽을 수 있는 200여 개의 책을 제작하여 보급한 것이다. 나는 교육과정을 마친 후, 동아리 활동으로 매주 한 권의 동화책을 점역하여 시각장애인에게 전달하였다. 지금은 컴퓨터로 점역이 가능하지만, 1980년대 시작한 점역봉사는 동화책 내용을 일일이 점자로 찍어야 가능하였다. 5명의 자원봉사자가 한 권의 동화책을 점역하여 선교회 사무실에 전달하는 일을 반복하였다. 이와 같은 시각장애인 아이들을 위해 점자번역으로 시작된 자원봉사 활동이 나를 위로하고 보람된 삶의 시작임을 깨달은 이후, 무의탁 노인을 찾아가 말벗도 해주고 그들의 어려움을 함께 나누는 일들이 나에게는 삶의 원동력이 되어 주었다.

　홀로 사는 할머니에게 발 마사지 봉사를 할 때, 할머니는 "이봐, 발가락이 살아났어, 발톱도 아이 발톱처럼 새로 솟아나 분홍빛을 띠고 있어" 라고 외치면서 기뻐하였다. 서지 못하고 앉아서만 생활하여 허리가 아픈 할머니, 다리가 불편하고 방석을 끌고 화장실 가고 휘어진 손가락으로 간신히 수저를 들고 식사를 하시는 할머니, 그런 할머니는 늘 방석을 끌고 현관에서 내가 오기만을 기다리고 있었다. 할머니는 두 아들을 혼자 키우셨지만 혼자 사는 것이 편하다고 하시면서 자식들과는 떨어져 지내신다. 가끔 주말이면 아들이 오기는 하지만 아들한테 부담이 될까 봐 아픈 이야기는 하지 않는다. 그저 가끔 지인知人들이 찾아와서 잠시 머물다 갈 뿐이다. 이러한 봉사활동이 시간의 흐름과 함께 나이 들어

가는 나의 몸과 마음을 건강하게 만들어 주고 있어 더욱 보람을 느낀다.

　주변에 어려움을 겪고 있는 어르신을 보면, 내가 젊었을 때 하지 못했던 부모에 대한 효孝를 다시 생각하게 되고, 내 부모인 양 돌보는 시간은 항상 즐겁고 그런 나를 매일 기다리는 할머니가 있어 더욱 행복하다. 자식이 크면 어렵다고 말씀하시는 할머니를 보면서 머릿속에 나의 노후를 그려 본다. 오늘도 작은 변화에 기뻐하는 할머니는 분홍빛으로 변하고 있는 발가락에 희망을 일구어 가는 일상을 이어가고 있다. 정들어 가는 할머니가 보다 가깝게 다가와 친정엄마의 모습으로 나를 반긴다. 할머니도 나도 건강해지는 삶 속에서, 모두가 기뻐하고 행복해 하는 일상日常이 되어가는 날들이 즐겁다.

　내가 가지고 있는 에너지를 다른 사람과 나누고 나에게 깨어 있는 시간을 남을 위해 활용하여 상호협조를 더해 가는 자원봉사는 나의 시간을 채워가는 유일한 즐거움이다. ‘지금 무엇을 할 때’인지 알기는 매우 어려운 일이지만, 때를 분별하여 할 일을 선택하는 지혜가 나를 지켜 주고 있다. 이러한 지혜는 소중한 시간의 가치를 알려 주고, 일의 보람을 주며, 그 일을 통해 사랑의 기쁨을 나에게 안겨 준다.

해바라기 (수채색연필, 190x250mm)

동행同行

보기만 해도 즐거운 만남으로 가정을 이룬 우리들의 동행이 어느
덧 40여 년이 지났다. 어느 때는 편히 쉬는 공간으로, 따뜻한 한 잔의 차
에 행복이 가득하여, 살아가며 차곡차곡 쌓이는 아름다운 삶의 동행
이 있어 기쁘기도 하였다. 그리고는 또 다른 시간 속의 여행으로 아름다
운 인연을 만들어 가며, 너희들과 나의 만남을 소중한 추억으로 이어왔
다. 너희들과의 동행으로 소중한 기회들을 차곡차곡 쌓으며, 서로 격려
하며 함께한 세월이 거듭되어 작은 결실을 맺고 그 이상을 얻기 위해 더
욱 분발하여 살아온 세월이 오늘에 이르렀다. 지난 세월을 되돌아보면,
너무나도 멀고 먼 그리고 높고 높은 험준한 산맥이 가로놓여 힘들었던
일들이 아쉬운 기억으로 남아 있다. 한 고개를 넘으면 나타날 것 같은
무지개는 보이지 않고 계속 안개 속을 헤매는 운명을 탓하기를 여러 번.
살아 움직여 산다는 것 자체가 버거울 때가 많았다. 때론 음악을 듣고,
때론 춤을 추고, 흥얼거리는 노래의 빠르고 느린 템포는 순간의 망각을

불러오기도 하지만, 주변의 삶이 만만치 않은 하루를 느끼며 살아온 날들이 추억으로 남는다.

따뜻한 햇살로 나를 반기고 있는 오후 한나절, 해바라기를 바라보며 내 마음도 따뜻한 햇살로 채워 본다. 아무 데서나 잘 자라는 해바라기는, 특히 양지바른 곳에서 잘 자란다. 햇살에 더욱 빛나는 노란색 해바라기는 내 몸을 더욱 따뜻하게 그리고 마음을 평화롭게 해준다. 구름 조각 사이에 반 고흐Vincent van Gogh, 1853.3.30 ~ 1890.7.29의 해바라기를 연상하며 그림도 그려 보고, 내 얼굴도 그려 본다. 한여름의 강렬한 태양 아래서 커다란 꽃을 탐스럽게 피운 모습은 신선하고 열정적이다. 태양을 따라 고개를 돌리면서 꽃을 피우는 이 꽃을 그리스 신화에서는 태양의 신 아폴론을 사랑한 요정 크리티가 자신의 사랑을 받아 주지 않는 아폴론을 그저 바라보고만 있다가 그대로 꽃이 되었다는 이야기가 전해지고 있다. 잠시 하늘을 보며 머문 시간들이 활력소가 되어 나를 움직인다.

함께하는 사람들이 있어 지금의 삶이 존재하듯이, 삶의 무게만큼 나에게 희로애락喜怒哀樂을 안겨 준 따뜻한 이웃과 가족이 있다. 나를 낳아 준 부모, 그리고 일상에서 다투며 즐거움을 함께한 형제자매, 배움을 통해 학교에서 만난 친구, 사회에서 이웃으로 만나 서로의 자존심을 존중하며 행복한 시간을 만들어 가며 수다 떨던 동료들, 슬프고 경사스러운 일을 함께하며 슬픔을 다스리고 기쁨을 나누었던 선후배들, 나눔 봉사를 통해 나를 성찰할 수 있는 기회를 갖도록 해준 이웃 사람들이 있어, 나는 삶의 보람을 느낀다. 만남이 기쁘고 즐겁기도 하지만, 만남의 과정에서 여러 가지 갈등이 범벅이 되어 관계의 늪에서 헤어나지 못하기도 하였다.

　사람들과의 대화가 피상적으로, 마음을 열고 속마음을 털어 놓고 대화를 나누기보다는 그저 대화를 나누는 척하며, 중요한 문제를 해결하기보다는 자신을 기분 좋게 해주는 순간적인 거짓을 즐기기도 하며, 문제의 해결을 위해 무엇인가를 하려는 행동들이 불편하기도 하였다. 살아가는 이유나 친구와의 만남에서도 겉으로만 그런 척하는 문화가 나를 괴롭힌다. 인터넷이라는 인간관계 사이에 낀 새로운 보호막이 우리를 보호해 주는 것이 아니라 영원히 진짜를 만질 수 없게 만들고 있지 아니한가? 핸드폰으로만 이야기를 나누는 대화가 마음을 열고 대하는 것 자체를 아날로그 시대의 낡은 것으로 만들어, 서로의 마음을 열지 않은 이야기가 오고가며 겉으로만 다정한 척하는 것은 아닌지? 그리하여 '마음의 벽'이 우리 일상에 생겨 서로의 소통이 점점 어려워지는 것은 아닌지? 대체 왜 이렇게 되어 버린 걸까?

　아이들을 키우며 오로지 집안일에 열중했던 결혼 초기는 인간 사막에서 고립된 생활 그 자체였고, 집안일과 직장생활의 이중 역할에서 자신을 잃고 살아간 중년 초기에는 아이들 중심의 생활에서 벗어나 전문인으로서의 지식을 갖추기 위해 학업에 재도전한 시기였다. 그리고 소용돌이치는 불만과 새로운 도전에 익숙하지 않은 인간관계를 극복하기 위해 더욱 바빠진 중년과, 자신의 존재 가치를 재확인하고 독립된 생활을 추구하였던 그 이후, 시간이 흐름에 따라 자신의 한계를 느끼며 분노하던 시절과, 남은 세월을 생각하고 재도전하는 노년 초기의 삶이 나의 모든 것이다. 뚜렷하게 살았다는 흔적은 없어도 세월 따라 열심히 살

해바라기 (유화, 460x600mm)

아왔다. 그런데도 무언가 허전하여 그냥 길을 걸어 본다.

비가 내린 후, 많은 물방울에 햇빛이 굴절되고 반사되어 생기는 빛인 무지개. 비가 그쳤을 때 물방울에 비친 태양 광선이 물방울 안에서 반사, 굴절되어 만들어지는 빨강·주황·노랑·초록·파랑·남색, 그리고 보라색의 무지개를 보면서 나의 마음을 추슬러 본다. 태양을 뒤로 하고 안개처럼 뿜어내는 무지개는, 물방울 안에서 빛이 몇 번이나 반사되었는 가에 따라 쌍무지개를 만들며 희망을 주고 있다. 도시를 떠나 걷던 시골 길에서 만난 무지개는 풀냄새와 벌레소리, 이름 모를 꽃과 풀들이 어우러져 여유로운 풍경을 만들어 내고 있다. 특히 담장 너머로 피어있는 모란꽃과 작약은 더욱 빛을 발하고 있다. 서로 비슷한 시기에 피는 꽃이지만 모란은 나무에서 피어나고 작약은 파릇파릇한 줄기 사이에 피는 것이 특징이다.

오랜 세월 동행한 이웃과 가족이 있어 나는 행복했지만, 오늘 나는 또 다른 무지개를 만들기 위해 도전한다. 오랜 버팀목이 되었던 너희들이 독립하여 가정을 꾸려 자식을 키우며 새로운 희망을 가지고 바쁘게 살고 있는 지금, 엄마는 또 다른 무지개를 만들기 위해 독립선언을 한다. 우리들의 만남이 소원해질지라도 순수한 정情으로 얽혀진 우리들은, 허공을 헤매는 민들레 씨앗처럼 어디엔가에 새로운 꽃을 피우며 살아가는 동반자이다. 너와 나의 만남이 미묘하게 흐트러지는 순간, 또 다른 운명의 시간이 나에게 다가와 속삭인다.

현실이 나를 받아 주지 않을 땐, 미래를 위해 열심히 나아가리라.

오늘이 나를 거부할 땐, 내일을 위해 열심히 살아가리.

모란 (수채색연필, 190x250mm)

현실이 나를 거부할 땐, 미래의 찬사를 위해 꾸준히 참고 지내리.

오늘 만난 이가 동행하지 않을 땐, 내일 만남을 위해 꾸준히 도전하리.

내일과 미래가 나를 반기는 날, 나는 편안히 숨 쉬며 나아가리.

이것이 나의 운명이다.

파도타기

동해안 해수욕장은 여름 피서지로 자주 찾는 곳이다. 밀려온 파도가 모래를 쓸어내리면서 잔잔한 물결을 일구며 바다로 흘러간다. 거센 파도가 밀려와도 모래는 여전히 파도를 잠재우며 바다로 돌려보낸다. 파도와 놀고 있는 아이들도 파도치는 대로 튜브에 몸을 의지하여 파도타기를 하며 높이 뛰어 보기도 하고 물결을 일으키며 달려오는 파도를 손바닥으로 막아 물거품을 만들기도 한다. 방파제에 닿은 파도는 세찬 물거품을 내며 다시 바다로 힘차게 흘러간다. 방파제에 부딪친 파도소리는 "철퍼덕 철퍼덕..." 요란하다. 파도를 잔잔한 물결로 잠재우는 모래와 달리, 큰 소리를 치며 바다로 다시 돌아간다.

멀리서 해안으로 밀려드는 파도를 이용하여 보드를 타고 파도 속을 빠져 나가면서 묘기를 부리는 사람들이 눈에 띤다. 파도를 이용하여 타원형의 널빤지를 타고 파도 속을 교묘히 빠져 나가며 즐기고 있다. 어떤 사람은 쾌속정에 매달려 신나게 달리며 자신의 자태를 뽐내기도 한다. 나도 파도타기 흉내를 내며 밀려오는 파도에 몸을 실어 본다. 밀려오는 파도 물결에 맞추어 뛰어 보지만 거센 파도에 휩쓸려 바닷물을 잔뜩 먹고 쓰러졌다. 빨리 정신을 차리고 해변가 모래밭으로 뛰어나와 누웠다. 만만치 않은 물결이다.

물결치는 파도를 보며 마음을 추스르고 자연의 힘으로부터 삶의 자세를 배운다. 여전히 파도는 넘실거리고 있지만 바다 빛깔은 변함없이 파랗다. 밀려오는 모래는 천년의 숨결이 묻어 있는 듯, 제자리에서 파도를 먹어 삼킨다. 자갈돌도 한 군데 머물지 않고 파도에 밀려 움직인다. 구름 사이로 눈부시도록 찬란한 햇살이 내리쬐는 해변은 반짝반짝 빛나는 모래로 가득하다. 눈길을 정면 바다로 옮겨 본다. 두터운 구름이 밀려다니면서 하늘이 어두워지고 밝아지기를 반복하지만, 파도는 일정한 간격으로 찰랑이고 있다. 파도에 밀려오는 해초가닥과 조개껍질이 먼 바다의 소식을 전하며 부드러운 모래를 끌고 간다. 그리고 밀려오는 파도에 모래는 다시 제자리로 돌아와 부드러운 모래밭을 일군다. 모래도 파도타기를 하며 이리저리 움직이고 있다.

파도의 물결을 보며 살아온 세월을 연상해 본다. 그 파도가 나의 일상을 다스리고 있다. 파도가 내 마음을 때리면 인내와 끈기로 잠재웠던 시절. 그리고 여러 차례 반복된 훈련으로 모래와 같은 부드러운 행동을 만들어 밀려온 파도를 잔잔한 물결로 되돌려 보낸 시절. 그 세월 속에서 부드러운 한마디 말과 한 번의 미소는 적의 무장을 해제시킨다는 지혜를 배운다. 밀려오는 파도와 함께 바닷속으로 마음의 여행을 떠나 본다. 그리고 파도의 움직이는 속도에 맞추어 호흡을 하며 평온과 휴식을 가져본다. 오로지 숨쉬기 호흡으로 몸과 아울러 모든 기관을 쉬게 하고, 들려오는 파도소리를 들으며 파도타기를 하며 환상에 잠기는 여행을 떠난다. 숨을 내쉬는 공기와 함께 내 몸속의 악귀惡鬼를 날려 보내고, 들이마시는 숨과 함께 우주의 좋은 기운을 몸 안으로 들인다. 이러한 숨쉬기와 호흡조절로 스트레스나 불안을 날려 보내고, 느린 심호흡으로 체내의 기가 막힌 곳을 풀어 몸 안의 에너지가 다시 흐를 수 있도록 노력해 본다. 일정한 간격으로 밀려오는 파도에 마음을 실은 호흡은 나의 몸에서 일정한 간격을 유지하며 오가고 있다. 이러한 심호흡을 계속하고 있노라면 이윽고 마음도 차분해지고, 철렁거리는 파도소리의 리듬 박자에 맞추어 숨을 들이쉬고 내쉬는 순간, 온 몸이 편안해진다. 누워서 바라본 파란 하늘의 기운이 나에게 다가온다.

일상에서 피곤할 때, 의식적으로 호흡을 바꿔 감으로써 기분이나 몸의 컨디션을 바꿔 나간다. 마음이 울적하거나 슬플 때는 마음껏 즐거운 웃음의 호흡으로 바꾸고, 일상에서 자의든 타의든 낙담과 실망의 한복판에 있을 때는 희망에 빛날 때의 깊고 긴 호흡으로 바꾸려고 노력한다. '내보내면 들어오는 것이 대자연의 법칙', 비우면 채워지는 것. 호흡은 들이마시고 내보내고 멈춘다. 신선한 공기를 마셔서 뱃속에 담고 잠시 기다리다 내쉬면, 몸속 구석구석까지 힘이 넘쳐 난다. 내가 굳이 개입하지 않아도 세상은 지혜롭게 잘 돌아간다. 중요한 것은 마음가짐이다. 파도가 밀려오면 함께 어울려 노는 것도 훌륭하다.

여러 가지 생각을 가진 마음을 통해서 보는 습관이 자연의 진리를 바로 받아들이지 못하는 것은 아닐까. 자신이 믿고 있는 것이 설령 올바른 것이라고 확신하고 있어도 자연으로부터 새로운 사실을 발견하고 느낀다면, 미련 없이 지난 일들을 버릴 줄 아는 용기가 솟아난다. 그리하여 살아가야 할 내일을 준비하기 위해 오늘의 삶을 있는 그대로 받아들인다.

작약 (수채색연필, 190x250mm)

모방은 창조의 지름길이란 말이 있다. '모방은 창조의 어머니', 지나치게 순수한 창조를 꿈꾸는 완벽주의를 경계하고 다른 존재의 흉내를 내고 있다는 수치심에 젖기보다는 목표를 향한 적극적인 노력을 독려하고 결국에는 다다를 거대한 창조의 결과에 초점을 맞추고, 모방의 결과물을 즐기는 경우가 종종 있다.

내가 표현하고 싶은 행복과 사랑을 어렴풋이 연상할 수 없다면, 보면서 참고라도 하기 위해 주위를 둘러본다. 진정으로 행복한 사람도 진정으로 자유롭고 평화롭고 사랑을 하는 사람도 보이지 않았고 느껴지지 않을 때는 답답하다. 자신의 행복이 남들에게서도 똑같이 보이는 그런 종류의 것이라면 확실히 참고할 것은 많다. 그러나 내게 아무것도 없어도 난 진정한 자유와 평화와 사랑을 창조해 내어 행복에 이르고 싶다. 내가 자본주의의 익숙한 생활을 위해 열심히 살아가는 것이 아니라 지금 당장 아무것도 하지 않고 가만히 있는 나의 모습 자체를 받아들일 수 있는 진정성이 행복이다. 이를 위해 이웃 사람들의 삶을 들여다본다.

타산지석. 다른 산에서 나는 거칠고 나쁜 돌이라도 숫돌로 쓰면 자기自己의 옥을 갈 수가 있으므로, 다른 사람의 하찮은 언행言行이라도 자기自己의 지덕智德을 닦는 데 도움이 됨을 비유해 이르는 말로, 『시경詩經』소아편 학명鶴鳴에 나오는 시의 한 구절이다. 즉, 즐거운 저 동산에는(樂彼之園, 낙피지원) 박달나무 심겨 있고(爰有樹檀, 원유수단), 그 밑에는 닥나무 있네(其下維穀, 기하유곡) 다른 산의 돌이라도(他山之石, 타산지석), 이로써 옥을 갈 수 있네(可以攻玉, 가이공옥). 돌을 소인에 비유하고 옥을 군자에 비유하여 군자도 소인에 의해 수양과 학덕을 쌓아 나갈 수 있다는 의미로 전해 오고 있다.

지하철이나 거리에서 만나는 사람들 모두가 나의 스승이란다. 공원에서 만난 할아버지와 할머니들을 보면, 인생의 무상無常함을 느끼고 그들로부터 생활의 지혜를 배운다. 엄마 등에 업혀 웃고 있는 아기를 보면 '행복이 무엇인지'를 깨닫게 되고, 뛰어노는 어린아이를 보면 생동감을 느끼고, 재래시장에서 만난 아줌마의 풋풋한 사투리는 고향의 정情을 듬뿍 느끼게 하고, 거리를 걸으면서 만난 사람들의 표정에서 삶의 무게를 엿볼 수 있다. 어떤 할아버지가 냄새를 풍기며 지하철 탑승을 하면 대부분의 사람들이 가까이 하기를 꺼려 하지만, 그 할아버지가 연필로 주변 사람들을 능숙한 솜씨로 그리는 모습을 보고는 감탄하여 가까이 다가가서 보게 된다. 그 또한 좋은 재주를 가지고 자신을 가꾸지 못하는 사연이 있기에 그렇게 살아가고 있다.

나이가 더해지는 순간, 이웃을 보고 나를 돌아보는 시간을 가진다. 복고復古를 새로운 문화로 받아들이는 아이돌 스타의 노래를 들으며 옛 추억에 잠긴다. '온고이지신溫故而知新' — 논어論語 위정편爲政篇에 나오는 공자의 말 중에 "옛 것을 알고 새 것을 알면 남의 스승이 될 수 있다, 溫故而知新可以爲師矣."라는 구절이 전하는 메시지가 생각난다. 즉, 역사를 배우고 옛 것을 배움에 있어, 옛 것이나 새 것 어느 한 쪽에만 치우치지 않아야 한다는 뜻이다. 나를 낳아 준 부모의 삶에서 생활의 지혜를 배우고, 다시 태어나는 자식에게 부모의 이야기를 들려주며 미래에 대한 일들을 알려 주는 것이 우리들이다.

　오늘 만난 사람들은 어떤 배움을 너에게 주고 있을까. 예측할 수 없는 앞날에 대한 희망을 줄 수도 있고 때로는 실망과 좌절, 그로 인한 스트레스가 연속인 하루가 될 수도 있다. 너의 선택이 기대된다. 만약 억압된 스트레스를 견디지 못한다면, 너의 몸은 피곤에 지칠 뿐만 아니라 만성적 소화불량이나 그 밖의 다양한 내장기관의 질병 등 소화기 장애 또는 두통이나 편두통 같은 심폐기능의 만성적 장애로 우울해질 것이다. 그리하여 우울증으로 피곤하고 무기력해져 무엇에도 열중할 수 없는 증세를 보인다면, 어떨까. 모든 사물을 볼 때, 그 사람이 보는 만큼 보인다는 말도 있듯이, 너의 선택이 새로운 너를 만들 것이다. 현명한 사람이라면 위기를 기회로 삼는 판단을 선택할 것이다. 즉, 오늘 만난 사람이 나에게 거친 돌로 다가와도 그것을 자기己의 옥을 갈 수가 있는 데 도움이 되는 지혜를 터득하는 에너지가 너로부터 시작될 것이다. 진리는 보이지 않는 것, 진짜 중요한 것은 눈에 보이지 않고 너희들 마음속에 있다.

동자꽃 (수채색연필, 190x250mm)

자화상自畵像을 그리며

　　"호박 같은 내 얼굴, 예쁘기도 하지요. 눈도 반짝, 코도 반짝, 입도 반짝 반짝" 흥얼거리며, 놀던 어린 시절이 생각난다. 한국에서 재배하는 호박은, 덩굴의 단면이 오각형이고 털이 있으며 덩굴손으로 감으면서 다른 물체에 붙어 올라가지만 개량종은 덩굴성이 아닌 것도 있다. 잎은 어긋나고 잎자루가 길며 심장형 또는 신장형이고 가장자리가 얕게 5개로 갈라진다. 꽃은 6월부터 서리가 내릴 때까지 계속 피며, 수꽃은 대가 길고 암꽃은 대가 짧다. 그리고 화관은 끝이 5개로 갈라지고 황색이며, 열매는 매우 크고 품종에 따라 크기, 형태, 색깔이 다르다. 모양도 형태도 여러 가지, 그래서 '내 얼굴을 호박 같다'고 이야기하나 보다. 그러고 보니, 내 얼굴 모양이 넓적한 것이 영락없는 호박이다. 어려서는 '앞뒤 구만리'라고 짱구머리를 희화화한 것이 나의 별명이다. 이마는 똑 튀어나오고 뒷머리는 박을 엎어 놓은 모양을 하고 있다. 내 얼굴은 그날그날

기분에 따라 예뻐 보이기도 하고 삐뚤어 보이기도 하고, 못난이 삼총사처럼 눈, 코, 입이 찌그러지기도 한다. 그래도 둥근 얼굴이 좋아, 호박 넝쿨을 그려 본다. 예로부터 애호박, 호박고지용, 호박범벅 등으로 이용되었던 호박은 시골길에서는 흔히 볼 수 있다. 시골길에서 만난 호박은 과실이 크고, 과실자루가 오각형이고 목질이어서 단단하고, 특히 과실과 접착된 부분이 넓게 확대되어 있으며, 줄기는 가늘고 분지력이 강해 널리 퍼져 있다. 특히, 늙은 호박은 비타민A가 많아 손상된 피부의 재생력을 돕고 거친 피부를 매끄럽고 맑게 해준다 하여 사람들은 호박죽을 끓여 자주 먹는다. 호박은 잎, 줄기, 꼭지, 과실, 종자 등 모든 부분이 식용, 또는 약용으로 이용되고 있으며 성숙함에 따라 카로틴Carotene 등의 영양성분이 증가하여 건강식품으로 각광을 받고 있다. 참 좋은 과실이다. 시골 비탈길 척박한 땅에 뻗어 있는 줄기를 따라 둥근 호박이 나를 반기며 얼굴을 내밀고 있다.

어렸을 때, 나는 화가가 되고 싶은 꿈을 가졌다. 초등학교 시절에 그린 '주전자와 물컵'을 생각하며 연필로 그려 본다. 그 시절 미술책에 있는 모습을 그리려면 크레파스가 12자루 있어야 하는데, 나는 오빠들이 쓰다 부러진 크레파스 조각으로 진한 부분은 색을 덧칠하여 명암을 살려 그렸다. 교재에 그려 있는 주전자는 여러 가지 색깔로 밝고 예쁘게 그려져 있었는데, 나는 서너 가지 색의 크레파스 조각으로 거무칙칙한 주전자를 그릴 수밖에 없었다. 단순한 채색으로 그려진 그림을 부끄러워하던 나에게, 선생님은 머리를 쓰다듬어 주시며 칭찬하셨다. 아이들과 다른 색으로 그린 그림이 교실 게시판에 붙어, 나는 너무 기뻤다. 중학교 시절에는 유명한 화가인 S화백이 미술선생님이었는데, 실기점수를 거의 만점을 주서서 친구들이 부러워하기도 하였다. 그림에 소질이 있다는 것을 알면서도 가정형편으로 그림 공부를 할 수 없어, 항상 그림 책을 보면서 나는 만족해야 했다.

2012년 2월, 연필 소묘를 배우기 위해 복지관을 찾았을 때, 아침부터 층층이 가득한 할아버지와 할머니들. 거동이 불편한 어르신들이 열심히 박수 치고 노래 부르고 운동하고 취미로 글씨 쓰고 그림 그리고 연극하는 모습들. 그들 속에 내가 어울릴 수 있을까 망설이다가, 용기를 내어 복지관 사무실을 방문하였다. 정해진 시간에 자원봉사 교육을 받고 연필 소묘에 참여한 순간, '드디어, 내가 그림 공부를 하게 되었다'는 뿌듯함에 가슴이 설레었다. 그곳에 모인 어르신들은 나보다 10년 또는 20년 선배들이 대부분이고, 2시간 연필 소묘를 배우는 시간이 가장 기다려진다는 할머니, 버스와 전철을 여러 번 갈아타고 오신다는 할아버지, 그리고 다양한 재주와 기지를 발휘하여 주변 사람에게 웃음을 주는 어르신들, 모두 잘 그린다고 칭찬을 아끼지 않고 잘 지도해 주시는 서○○ 선생님, 연필로 그림을 그리는 2시간이 우리 모두에게 행복을 주고 있다. 인생 경험에서 얻은 넉넉함을 웃음으로 전해 주는 그들의 이야기 속에서 서로 보듬어 가는 지혜를 배운다.

Y자를 그리며 직육면체 그리는 법을 알게 되었고, 공과 원통을 그리면서 빛과 그림자의 명암을 배웠고, 입체적인 글씨체를 그림으로 표현하고, 시골 풍경을 그리며 멀고 가까움의 구도를 이해하고, 폭포에서 안개 피어나는 묘사를 배우면서 기초를 다졌다. 그리고 호박도 그려 보면

호박넝쿨 (연필 소묘, 250x190mm)

서 혼잣말로 노래도 흥얼거리는 시간들이 즐거웠다. 이제는 스스로 용기를 내어, 내 모습을 그려본다. 어려서부터 '앞뒤 구만리'라는 짱구 머리에, 다소곳한 이목구비耳目口鼻, 엄마를 닮은 이마와 턱, 그리고는 생각이 안 난다. 거울에 비친 내 얼굴을 바라본다. 웃으면 얼굴이 예뻐 보이고 찡그리거나 인상을 찌푸리면 보기 싫다. 거울에 비춰진 내 얼굴은 다른 사람이 나를 보고 느끼는 것과 같다. 나의 행동이 거울과 같이 반사되어 읽혀진다. 내가 어떻게 느끼는가에 따라 반응은 달라진다. 망설이거나 거부하는 태도, 기쁨과 분노 등이 그대로 표현되는 얼굴을 보고 스스로 기쁨과 슬픔을 실감한다. 거울 앞으로 가서 자신의 눈을 깊숙이 들여다보고, 현재의 나를 들여다본다. 희미하게 스쳐가는 사건들을 생각하며 웃어도 보고 찌그러진 인상도 만들어 가며 거울과 대화를 한다. 눈을 크게 놀란 표정도 만들어 보고 콧구멍 안에 있는 솜털도 들여다보고 입을 오므리고 펴며 매력적인 미소도 만들어 보며 마음에 나의 초상화를 그려본다. 내 모습 그려 놓고 아무리 들여다봐도 닮지 않았다. 이리저리 그리고 지우고, 한참을 바라보다 지쳐 버렸다. 엉뚱한 상상을 하다가 나 자신을 그려보는데, 여전히 멀리 있는 내 모습만 아른거린다.

미완성인 초상화에 나타난 나의 모습은 가냘프고 여리다. 추억 속에 나는 희미한 물음표뿐이다. '무엇을 하며 살아 왔는가', '쉼표도 없이 노력했는데…', '내가 잘할 수 있는 것이 무엇인가'. 그리고 미래의 모습을 상상해 본다. '나는 어떤 모습이 될까', '어떻게 살아야 잘 사는 걸까', '아이들에게 비춰진 나는 어떤 모습인가', 등등. 많은 생각들이 뇌리를 스쳐 지나가는 동안, 나의 얼굴이 기억에서 사라진다. 아직도 내

주전자와 물컵 (연필 소묘, 250x190mm)

자신에 대해 알아야 할 것이 많은 것 같다. 과거의 나와 현재의 나를 비교해 보고 현재의 모습을 찾아보려고 거울을 보는 순간, 희희비비嬉嬉가 앞을 가린다. 거울 속 내 모습을 그려 본다. 지우고 그리고 지우고 그리고를 반복하다 지쳐 버린다. 거울을 보며 눈과 코, 입의 특징을 잘 살려보지만 여전히 미지수未知數이다. 나의 모습이 담겨진 그림 속에 자신의 마음도 담아 본다. 나를 돌아보고 앞으로의 일들을 계획해 보는 의미 있는 시간들, 거울을 보고 자유롭게 그려 보기도 하지만 사실적으로 표현하기 어렵다. 그리고 배경을 만드는 것 역시 단순히 색을 채워 가는 방식이 아니라 어우러질 수 있는 색감에 대해 고민하다가 그대로 멈춘다. 아직은 미완성이다. 초상화가 완성될 때까지 주변의 어르신과 이야기를 나누며, 나를 좀 더 알아 가야 할 것 같다. 내가 복지관에서 만난 연필 소묘반 선생님과 어르신들, 항상 웃으면서 반겨 주는 선배들이 모두 고맙다.

　65세부터 시작한 그림 공부가 재미를 더해 가고 있다. 처음에는 연필 소묘로 시작하여 아트 북, 한국화, 서양화 등 점점 폭이 넓어지고 있다. 복지관 프로그램에 참여하기 위해 자원봉사 교육을 받고 회원증을 발급받았을 때, 주변 어르신들을 보고 내가 갑자기 늙은 것 같아 약간 우울한 느낌이 들었다. 그래도 시간이 약이라고 복지관 프로그램에 참여하고 함께하는 어르신들의 이야기, 때로는 한풀이 섞인 넋설을 들으면서 점점 흥미를 느끼게 되었다. 한국화를 가르치는 정○○ 선생님은, 일 년에 여러 번 해외전시를 하면서 국내에서는 재능기부를 하는 덕망 있는 분이다. 월요일 오전에 수업을 듣는 어르신들이 2시간 정도 화선지에 선을 그으면서 서로의 관심을 이야기한다.

　70세 중반에 들어선 어르신은 생전 처음 심리검사를 할 때 그린 그림이 계기가 되어 한국화를 하게 되었다고 한다. 80세가 넘은 어르신은 아무 말 없이 묵묵히 2시간 동안 열심히 선을 그리고, 그 옆에서 그림에

조예가 있는 어르신은 주변 사람들의 그림을 감상하며 이런저런 훈수를 들고, 어떤 어르신은 조용히 하라고 하고 등등. 여러 가지 이야기들이 오고가면, 가르치는 선생님은 이런 저런 이야기를 나누며 서로 친구가 되는 시간이 좋다고 말씀하신다. 여름에는 부채에 그림을 그려 선물하고 연말연시에는 연하장으로 인사를 나누는 일들이 우리에게는 행복이다.

다른 복지관은 분위기가 확연히 다르다. 서양화반이라 하여 자기 취향대로 연필 소묘, 수채화, 색연필 꽃그림, 아크릴 물감으로 그리는 풍경화 등, 그리는 어르신들이 한 교실에 모여 그림을 그리고 있다. 2시간 동안 그리고 그동안 완성된 작품은 교실 앞 이젤에 스케치북이나 화판을 전시하여 발표를 한다. 보통 15점 내외의 작품이 소개되고 발표하는 어르신들은 각자의 작품에 만족하며 행복해한다. 그림을 그리고 서로의 작품을 감상하고 일상에서 일어난 일들을 이야기하며 서로의 정情을 나누는 교실이다.

아트 북 프로그램에 참여하는 시간은 또 다른 느낌이다. 각자가 성장하면서 느낀 경험을 바탕으로 그림을 구상하여 나가는 시간이어서, 각자가 생각하는 바도 다르다. 젊은 여자 선생님이 예의 바르게 유치원 교사처럼 배꼽 인사를 하며 시작한다. 참여하는 회원들은 각자 인생의 그래프를 그리고, 그 속에 즐거웠던 시절과 슬펐던 일, 그리고 기쁨을 표현하며 그림으로 그려 간다. 그런 과정에서 자신을 돌아보는 기회를 가지고 서로 이야기를 나눈다. 남자 회원들은 군대에서 있었던 일을 이야기하며 과거 속에 기억되는 친구들을 그리워하기도 하고, 여자 회원들은 엄마로서 아이를 키우며 기뻤던 일들을 이야기한다. 그리고 기억되는 자기 자신을 큰 도화지에 7장 정도 그려서 하나의 책을 만들어, 연말에 복지관에서 전시를 한다는 기쁨에 자부심을 가지고 행복한 그림을 열심히 그려 간다.

참여하는 회원 모두가 각자 자신의 인생 그래프를 작성하고, 그것을 그림으로 그리고 글로 표현한다. 70세에서 90세에 이르는 어르신들이 자신을 되돌아보며 즐겁고 행복한 시간들을 한 올 한 올 수놓아 간다. 60세가 갓 넘은 여자 회원은 자신이 태어난 시절에 부모로부터 무척 사랑받고 자랐다는 학창 시절을 떠올리며 이야기를 이어가고, 어떤 어르신은 지하철을 타고 복지관 프로그램에 참여하는 시간이 가장 행복하다고 이야기하면서 기뻐한다. 80세가 된 어르신은 결혼식장에서 주례를 맡아 신랑신부를 축복해 준 시간이 즐거웠다고 그림으로 표현하였다. 나는 나의 인생 그래프를 그리는 것이 쑥스럽기도 하고 부끄러워서 망설이다가 용기를 내어 글로 표현하고 그림을 그렸다. 주변의 우울한 어르신들에게 밝음을 주기위해 여러 가지 꽃을 배경으로 하여 글을 쓰면서 자신도 밝아지는 행복한 그림을 그렸다. 2시간 동안 지나온 시간들을 상상하면서 그린 그림은 무엇보다 나에게 행복을 안겨 주었다.

한국화 시간에는 선생님이 그려 주신 그림을 보고 그대로의 모습을 그린다. 버드나무 가지를 그리면서 붓으로 선 긋는 방법을 익히고, 소나무를 그리면서 가지 끝에서 자라는 솔잎의 특성을 알게 되고, 산과 물이 어우러지는 산수화를 배우는 과정이 재미를 더해 가고 있다. 20명의 회원이 같은 그림을 복사하여 그림을 그리지만 각각 다르다. 버드나무 가지를 그리고, 소나무, 바위, 매화, 산봉우리 등의 모습이 제각각이고 한 장 한 장 그리는 화선지에 붓을 터치하는 순간도 시시각각으로 표현되고 있다. 선생님이 그린 소나무도 그릴 때마다 다르다. 그러나 소나무 전체에서 풍기는 그림의 느낌은 동일하다. 무언가 말할 수는 없지만, 전체적인 맥락이나 소나무 가지와 잎의 흐름이 선생님의 작품이라는 것을 느낄 정도로 통일된 터치가 붓 끝으로 표현되고 있다. 한국화는 그리는 사람의 철학이 담아 있다고 말씀하시는 선생님의 뜻을 이해할 것 같다.

칠판 가득 마크 펜으로 그림을 그려 내는 연필 소묘반 선생님은, 갓 결혼한 신혼이시다. 그런데도 모든 어르신에게 친절하게 다가가 일일이 연필 터치하는 법을 지도하고 있어 많은 어르신들이 참여하고 있다. 항상 모두 잘 그린다고 칭찬하는 모습이 좋고, 크로키도 하고 연필 스케치도 하고 여러 가지를 가르치려고 노력하는 선생님이 좋다.

늦게 배운 도둑이 날 새는 줄 모른다는 말처럼, 늦게 재미를 붙인 그림 공부시간이 행복하다. 그 시간에 만난 어르신들의 수다도 나에게는 보약처럼 들린다. 어르신들이 복지관 프로그램에 참여하고 그곳에서 서로에게 위안을 주고 하는 시간들이 즐겁다. 그러다가도 매일 나오시던 어르신이 안 보이면 서로 안부를 묻고 하는 모습들이 정겹다.

숲 (한국화, 350x450mm)

자존심

　노인회관 앞에서 서성거리며 들어가기를 꺼려하는 할아버지, 왜 그럴까? 혼자 살고 있는 할아버지는 주변 사람의 권고로 회관을 찾았지만, 회관으로 들어가기를 망설이고 있다. 노인회관은 근처에 살고 있는 노인들에게 점심식사와 오락을 제공하기 위해 지역사회에서 관리하고 있는 복지시설이다. 공공기관의 도움으로 무료 식사를 제공하거나 혹은 부담이 적은 비용으로 혼자 식사 준비하기 힘든 노인들이 모여 음식을 나누어 먹고 장기와 바둑, 텔레비전 시청 등의 오락을 즐기는 공간이다. 지역사회와 자원봉사자들로부터 후원을 받아 노인 스스로 자치회를 만들어 운영하고 있다. 그런데, 회관을 찾은 할아버지는 골동품 수집가로서 화려하게 살았던 과거의 모습을 떠올리며 "내가 왜 이렇게 되었지..." 한숨을 지으며 말꼬리를 흐리면서 선뜻 회관 안으로 들어가지 못하고 있었다. 아마 최후의 자존심을 지키려는 자기와의 갈등에서 망설이지 않았나 하는 생각이 든다. 슬하에 딸 하나를 둔 할아버지는 현재

정부로부터 기초생활 수급액을 받아 혼자 생활하고 있으며, 최근에는 위암 진단을 받았지만 병원에 갈 형편이 못 되어 집에 있으면서 혼자 끼니를 해결해 나가고 있었다. 이런 할아버지가 따뜻한 식사를 위해 회관을 찾았지만 입구에서 망설이고 있었다. 할아버지가 망설이는 동안, 회관 안으로 들어가 동갑내기 어르신을 불러내 같이 들어가도록 하였다. 피땀 흘려 열심히 자신의 가정과 역사를 일구어 온 할아버지가 화려한 과거를 돌이켜 보면서 자기 자신의 인생을 포기하고 살아가야 하는 현실에, 마음속으로 눈물을 흘리며 자존심을 지켜 나가려고 안간힘을 쓰는 모습이 지금도 선하다.

복지관에서 만난 그림 그리는 할아버지, 학창시절에는 좋은 성적 올리기 위해 열심히 공부하고, 군대 입대하고 제대 후에는 먹고살기 위해 바쁘게 살 수밖에 없던 젊은 시절을 하소연하고, 나이 들어 위암 수술을 세 차례 하는 등, 바삐 사느라 인생 80이 되어서야 연필을 잡고 그림을 그리는 여유를 가져 본다는 이야기를 허심탄회하게 쏟아 놓는다. 함께 공부하는 할머니와 할아버지들은 모두 그림을 잘 그리는데, 자기는 이런 저런 이유 때문에 그림 그릴 기회를 갖지 못해 남들보다 못 그린다고 푸념을 털어 놓으며, 열심히 살아온 자신이라며 마지막 자존심을 지키기 위해 노력한다. 옆에서 맞장구치며 "삼식이(하루 세 끼를 모두 집에서 해결하는 남성 노인을 말함)는 집에서 쫓겨난다" 하며 맞장구치는 할아버지. 그들의 이야기에서 나이 들어가면서 느끼는 외로움과 서글픔을 엿볼 수 있어, 내 마음이 촉촉이 젖어 든다.

또 다른 이야기는 다리가 불편한 장애인 아저씨의 행동이다. 지하철

환승을 위해 계단을 오르는데, 다리가 불편한 50대 아저씨가 힘겹게 계단을 오르고 있어 도움을 주려고 가까이 갔다. 그런데 아저씨가 '저리 비켜' 하면서 화를 내어 민망한 모습으로 멀리서 계단 오르는 것을 지켜본 적이 있다. 장애인을 만날 때, 일반인들과 똑같이 대할 수 있다는 것 자체가 사실은 쉽지 않다. 무언가 도움을 주어야 한다는 마음으로 다가가 좀 더 배려를 해주려 하거나 도와주려고 한다. 그러나 내가 만난 아저씨는 조금이라도 도와주려고 하면 강하게 저지하며 거부한다. 어떻게 보면 신체적인 장애가 정신적인 장애까지 만든 건 아닌가 하는 생각이 들 정도로 주장이 강하다. 그들이 그냥 일반인을 대하듯 해달라고 하지만, 정작 그러려고 해도 그들은 도움의 손길이 필요하다. 그러나 그들은 자신의 문제를 스스로 해결하려는 자존심이 있다. 그들의 행동에서 교훈을 얻는다. 그리고 남을 배려하려는 나의 지나친 행동이 다른 사람의 자존심에 상처를 주지 않았는지를 반성해 본다.

인생 경험에서 쌓아올린 사고방식이나 가치로 얼룩진 자존심이 때로는 자신을 아프게 하고 있는 것은 아닌지를 생각하며 현실을 본다. 차라리 조금 도와 달라고 하는 것이 그들을 대하는 나와 그들을 모두 편하게 하지 않을까. 서로가 마음을 열었을 때 진정한 친구가 될 수 있을 것이다. 몸이 불편한 아저씨는 불편함을 호소하고, 그를 만난 나는 동정심을 버리고 진정한 도움을 주고받는 긍정적인 세상이었으면 좋겠다.

대학시절, 재활원에서 자원봉사를 할 때의 일이 생각난다. 여러 명의 지체장애인이 머물고 있는 방에 들어갔더니 마루가 삼각형으로 길게 뻗어 있어 물리치료사에게 "왜 직사각형이 아니고 삼각형이냐?"고 물

능소화 (수채색연필, 190x250mm)

어본 적이 있다. 그랬더니 "다리 길이가 짧은 장애인이 긴 마루에 누우면 시시때때로 없어진 다리를 생각하여 우울해한다"고, 그래서 다리가 없는 지체장애인은 짧은 마루에 눕고 그다음에 좀 더 긴 다리를 가진 지체장애인이 차례차례 눕는다고 한다. 지체장애인의 자존심을 지켜 주는 참 좋은 아이디어다. 그들의 삶에서 함께 이야기를 나누던 팔이 없는 장애인은 버스 타기가 싫다고 한다. 왜냐하면 버스를 타면 요금을 내는데, 지갑을 꺼낼 수 없어서 옆에 있는 사람에게 제 주머니에서 지갑을 꺼내서 요금 좀 내달라고 부탁을 하면 열이면 열 다 자기 돈으로 요금을 내준다는 것이 자존심을 상하게 한다고 한다. 자신에 대한 존엄성이 타인들의 외적인 인정이나 칭찬에 의한 것이 아니라 자신 내부의 성숙된 사고와 가치에 의해 얻어지는 개인의 의식을 자존심自尊心이라고 말한다. 그러므로 각자의 자존심은 자기 삶의 경험에서 쌓아올린 사고방식이나 가치로 형성되었기 때문에 때로는 자신을 아프게 한다.

각자의 자존심이 긍정적으로 일생을 통해서 좋은 결과를 가져올 것이라는 기대도 있지만, 부정적인 상처로 얼룩진 많은 상실은 자존심을 유지하는 데 방해요인이 되고 있다. 부정적인 자존심을 지닌 사람은 진정으로 남을 좋아하거나 사랑하지 못하는 경향으로, 남을 싫어하는 편견이 생기고 자신에 대한 다른 사람의 거부를 자초하여 결국 자신의 문제를 더욱 복잡하게 만들 수 있다. 나도 그러한 자존심으로 주위 사람들에게 불편함을 주고 있는 것은 아닌지 반성해 본다. '사람들은 그들이 보려고 기대하는 것만큼을 본다'는 말이 생각나는 하루다.

너희들은 최고다

"세상은 요지경 요지경 속이다. 잘난 사람은 잘난 대로 살고 못난 사람은 못난 대로 산다. 야야....." 노랫말처럼, 우리가 살고 있는 세상은 다양하다. 그래서 때로는 울다가도 웃고, 마음에 상처받고 상처주고 그러다가도 기뻐서 소리치는가 보다.

하루를 시작하는 너희들도 희망과 기대로 각자의 일을 선택하고 있는가. 때로는 어쩔 수 없이 시간에 끌려가기도 하고, 인터넷으로 '오늘의 운수'를 보며 신통한 운세를 기대하며 미래의 시간들을 예측하고 회심의 미소를 머금기도 하는 하루의 시작, 엄마도 그렇게 살아왔다. 그러나 세월이 흘러 지금 생각해 보니, 나의 인생은 내가 선택하고 만들어 온 것 같다. 내가 일구어 온 하루의 시작도 내가 선택한 것이고, 내가 직업을 가지고 취미생활을 하고 좋은 일을 찾아 이웃에 봉사하고, 친구를 만나 수다 떨며 보낸 하루도 결국은 나의 선택이었던 것이다. 즉, 내가 있으므로 나의 역사는 존재한다. 그러므로 내가 최고다.

'천상천하유아독존天上天下唯我獨尊' 하늘 위와 하늘 아래, 우주의 사이사이에 내가 가장 존귀하다. 오늘 일구어 갈 시간들은 너의 선택에 의한, 그것이 자의가 아닌 타의에 의한 것일지라도, 결국은 너의 욕구와 기대이다. 이러한 것들은 천태만상이며, 그중 어느 하나를 반드시 훌륭한 것이라고 할 수도 없다. 누구나 희망이 있고, 무한한 잠재력과 가능성을 가지고 있고, 그것은 모두 각자의 존재감으로부터 비롯된다. 세상에서 가장 좋은 벗도 나 자신이며, 세상에서 가장 나쁜 벗도 나 자신이다. 나를 구할 수 있는 가장 큰 힘도 나 자신 속에 있으며, 나를 해치는 무서운 칼날도 내 속에 있다.

비교적 순조롭고 성공적인 진로를 꿈꾸던 어린 시절, 엄마는 원칙을 엄수하는 강직한 아이로의 성장을 기대했다. 그리고 자식을 최고로 키우고 싶어 하는 것, 그것이 엄마의 마음이었다. 엄마는 내 아들이 엄친아(엄마 친구 아들 : 남들이 부러워하는 모든 것을 갖춘 아들)이기를 바라며 최선을 다한다. 정말로 너희들을 부러워하는 사람들이 주변에 많이 있다. 어려서 머리도 좋고 이웃 아주머니, 아저씨를 만나면 인사도 잘하고, 초등학교 다닐 때는 모두 착한 어린이상을 받은 너희들이다. 공부도 잘하고 성격도 좋고 인물도 훤하고 모든 면에서 뛰어난 아이로 자란 너희들이 자랑스럽다.

주어진 삶을 한 올 한 올 엮어 가는 너희들의 모습은 엄마의 마음을 살찌우고 있다. 겉으로는 드러나지 않아도 엄마에게 행복을 안겨 주려고 노력하는 너희들이 고맙다. 엄마에게 매달려 애걸하던 재롱이 엊그제 같은데, 한 가정의 가장으로 살아가는 너희들의 모습에서 지난날의

식탁위에 놓인 사과 (유화, 409x318mm)

시간들이 주마등처럼 스쳐 지나간다. 세월이 흘러감으로써 행복도 찾아들고 시간이 지남으로써 그 어떤 아픔도 치유될 수 있는 세월의 연륜이 아름다운 추억으로 남는다.

그물을 쳐놓고 다음 날 그물을 걷어 고기를 잡는 어선에 고기가 만선이 되어 나타나 기쁨과 행복을 가져다주듯이, 너희들이 아이들과 함께 있는 모습을 보면 흐뭇하다. 어부들은 끝없는 푸른 파도를 헤치며 만선滿船의 꿈을 향해 도전하고, 갯벌 아낙네들은 마음의 희망을 기원하며 조개를 망태에 담고 있다. 나는 그들을 바라보며, 용솟아 오르는 힘찬 기운을 느낀다. 가곡 「희망의 나라로」(현제명 작사/작곡) 노래가 떠오른다. "배를 저어가자 험한 바다물결 건너 저편 언덕에, 산천경개 좋고 바람 시원한 곳 희망의 나라로, 돛을 달아라, 부는 바람 맞아 물결 넘어 앞에 나가자, 자유 평등 평화 행복 가득한 곳 희망의 나라로." 너희들을 위해 오늘도 나에게 희망을 주는 삶을 선택한다. 식탁에 놓여 있는 사과 향기처럼 싱그러움을 내품는 너희들이 나에게는 희망이다. 사과의 맛과 향기가 색깔에 따라 다르듯이 너희들이 살아가는 모습도 다르지만, 항상 가족의 행복을 함께 추구하며 감동을 주는 소중한 가치를 지닌 너희들이다. 너희들도 수많은 사람들과 함께 생각하고 대화하며 삶의 모든 면에서 부대끼며 사랑하며 살아가고 있다. 불을 밝히는 등대가 되어 친구와 가까이 하며 가정을 꾸려 나가는 너희들의 모습에서, 엄마는 세상의 빛과 소금을 발견한다. 너희들은 최고다.

가을

가을 풍경

우리의 만남

고마워

국화 옆에서

야생화처럼

어떻게 지내니?

생활 속의 질서

가을 하늘을 바라보며

　감성을 자극하는 가을, 기차를 타고 멀리 떠나 본다. 마음을 비우고 열차와 함께 답답한 마음을 훌훌 날려 보낸다. 창밖에 스쳐 가는 가을 풍경이 오색찬란한 빛을 내면서 울긋불긋 뽐내고 있다. 생명을 다하여 토한 색깔들이 자연을 꾸미고 있는 가을 풍경을 보는 순간, 어느새 내 마음도 가을의 화려한 빛으로 물들어 간다. 어제의 시름도 오늘의 바람도 모두 사라져 버린 텅 빈 마음속에 가을 풍경이 가득 채워진다. 주렁 주렁 달린 풍성한 열매 사이로 보이는 가을 하늘도 반기는 듯, 유난히 높아 보인다. 그 속에 내가 있다. 내가 만난 사람들, 그리고 크고 작은 사건들과의 만남에서 잠시 여유를 가져 본다. 나를 움직이는 강력한 힘은 무엇인가? 내 안에서 갈구하는 사랑 혹은 소속감, 자유로움, 즐거움을 충족시키기 위해 오늘의 여행을 선택한 것인가?

　상큼한 가을바람을 맡으며 산비탈을 오르고 내린다. 한 발자국씩 내딛는 다리는 무겁지만 너풀거리는 들꽃이 반기고 있어 내 마음은 한결 가볍다. 들여다볼 수도 없는 머릿속의 생각들이 자연과 말을 이어가면서 엉켜 있던 실타래들이 풀리는 듯하다. 머리가 복잡할 때는 맑은 공기를 마시며 산책하는 것이 좋다는 선배의 말이 생각난다. 산을 오르면서 자연과 말하고 나뭇가지를 흔들며 속삭이는 가을낙엽 소리로 마음을 달래 보고, 무엇을 해야 할 것인지를 생각하고 그럴듯하게 여겨지는 일이 떠오르면 더 좋은 감정과 유쾌한 생각을 하며 신체적 편안함을 즐긴다. 가을 산에서 만난 까치 소리가 정겹다. 깍깍거리는 소리를 짧게 그리고 좀 더 맑은 것처럼 들리는 까치 서너 마리가 숲속에서 날개를 펴며, "후다닥, 후다닥" 나무 사이를 오가며 놀고 있다. 정말 오랜만에 이 녀석을 본다. 녀석들이 내 시선을 흔들어 놓으려는 듯, 숲속을 분주히 오간다. 그러다가 순간적으로 내 머리 정수리를 까치발로 내리치고는 달아난다. 아픔도 잠시, 나에게 다가오는 산까치들이 반갑다.

자주 찾는 하늘공원에도 가을이 왔다. 처음에 291 계단을 보며 내가 올라갈 수 있을까 망설이다가 한 계단 한 계단 오른다. 숨차면 중간 난간에서 월드컵 축구장 모습도 바라보고 주변에 흐드러진 풀 향기도 맡아 본다. 그러면서 올라간 하늘공원에는 억새풀이 무성하다. 월드컵공원 하늘공원의 초지에 심은 억새가 장관을 이루는 가을이면 시민들이 밤늦도록 그 정취를 즐길 수 있도록 축제를 열고 있다. 억새 군락지에서 억새밭 오솔길을 걸으면 어느덧 곁에 있는 다정한 친구처럼 억새가 나를 반긴다. 바람에 날리는 억새가 내 몸을 휘감으며 속삭인다. 하늘공원은 난지도의 쓰레기매립장을 메워 2002년 5월에 개장한 초지공원으로, 낮에는 시민들의 이용이 가능하지만 야간에는 야생동물들이 자유롭게 생활할 수 있도록 시민의 출입이 통제되고 있고 군데군데 야생동물들이 다닐 수 있는 통나무 길도 눈에 띤다. 월드컵공원 가운데 가장 높은 곳에서 억새꽃의 정취를 느끼며 한강을 내려 본다. 한강 주변에 캠핑장도 보이고 바삐 움직이는 자동차와 고층 아파트, 그리고 원시림을 떠올리게 하는 나무 수풀이 한눈에 들어온다. 둘레길 따라 월드컵공원으로 걸어간다. 먼 거리도 한 걸음부터 시작, 제멋대로 뻗어 있는 풀들과 속삭이며 걷다 보니 출발점에 도착했다. 마음이 한결 가볍다.

가을 산을 청춘이라 했던가. 가을 풍경에 비친 모든 만물의 움직임이 바쁘다. 밤송이는 활짝 웃으며 "톡, 톡, 톡..." 가시 갑옷을 터트리며 누런 알밤을 토해 내고 참나무 도토리는 여기저기 굴러다니고 가을 열매를 줍는 아낙네의 손길은 분주하다. 겨울 준비를 위해 뛰어다니는 다람쥐는 사람들의 눈길을 피해 요리저리 자리를 옮기고 있다. 그리고 산과 나무, 계곡의 바위 밑으로 흐르는 가느다란 물줄기들이 어우러진 자연의 아름다움을 순수하게 표현하는 한 폭의 산수화를 연상케 한다. 산 중턱에 앉아 무심한 마음으로 자연의 아름다움을 한없이 쳐다본다. 내 마음도 자연의 순수함에 젖어 물장구치고 놀던 어린 시절을 아련히 떠올리고 있다. 골목대장인 오빠를 따라 산을 오르내리며 나무칼을 만들어 전쟁놀이를 했던 어린 시절, 오빠를 따라다니면서 항상 앞장서서 싸우는 승리자의 축복을 누렸던 그 시절, 냇가에서 개구리 잡고 장구 치며 놀던 어린 시절의 가을 풍경이 지금은 추억 속에서 아른거린다. 노랑, 빨강, 갈색, 희미한 연분홍 등, 여러 가지 낙엽들이 바람에 날려 살그머니 내 옆에 쌓인다. 하얀 도화지에 은행잎을 하나, 둘 모아 나비모양을 만들어 보고, 갈색 단풍을 모아 날아다니는 새도 만들며 놀던 어린 시절이 생각난다. 나무는 한없이 나누어 준다. "바스락 바스락" 낙엽 밟는 소리는 귓가에 자연을 담아 주고, 여기저기 흩어진 낙엽은 오색찬란한 빛을 내며 맑은 눈망울을 적셔 준다. 낙엽들이 부딪치는 속삭임을 보고 있으면, 마음이 한결 가벼워진다. 여러 가지 형상으로 날리는 낙엽, 그들과 함께 가을이 점점 짙어 간다. 겨울이 오고 또 봄으로 바뀔 것이다. 그리고 여름이 지나 이 가을처럼 내년에도 또 멋진 가을을 맞을 준비를 마음에 그려 본다.

가을바람에 휘날리며 춤추는 가을낙엽은 나무로부터 자유롭게 나부끼며 이리저리 뒹군다. 여러 가지 모양을 만들며 휘날리는 낙엽 따라 내 마음도 움직인다. 자연 속에 만들어진 공간에 내 마음을 더하여 이리저리 생각의 나래를 펼친다. 순수한 감정에 이끌려 홀연히 가을 풍경을 찾아 떠나는 사람들, 얼마나 자유스러운 삶의 선택인가. 더 이상의 그리움도 아쉬움도 못 느끼면서 자연의 소리만을 만끽하는 그들은 행복해 보인다. 행복하게 살아가려는 우리의 진심에서 자연스럽게 솟아나는 삶은 무엇인가. 가장 아름다운 마음으로 다른 사람의 행복을 진심으로 기원하는 마음이 아닐까. 물음표로 가득 메워진 일상에서 벗어나 열차를 타고 떠나는 가을여행은 내 마음을 더욱더 살찌우는 것 같다. 봄과 여름을 지나 풍성한 열매를 맺는 가을, 아이들의 행복을 진심으로 빌고 싶다.

까치 (수채색연필, 190x250mm)

우리의 만남

거듭 태어나기 위해 용트림 하였던 나날들이

우리에게 가져다준 열매는 비록 각자 다를지라도,

지나간 날들을 시금석試金石으로 하여

새로 태어나는 기쁨을,

혹은 탈바꿈의 고통을 제 나름대로 주었나니

때로는 희망의 나래로 미래를 설계해 보기도 하고

때로는 유혹에 사로잡혀 심신心身의 희비쌍곡선을 그려 본다.

순풍이 벽에 부딪치는 순간의 만남이

순수한 정情으로 얽혀지는가 했더니

어느덧, 허공에 헤매는 솜털이 되어

혼란과 혼비로 방황케 하는 시간들.

너와 나의 만남이 이토록 미묘하게 흐트러져야 하는가.

우리 만남은 모래성이었던가,

아니면, 동녘에 피어난 아침이슬이었던가.

우리 다시 태어나도 최초의 만남을 되새기면서

마지막 순간까지 하나가 되는 기쁨을 나누는

우리 만남을 위해, 오늘도 서로를 보듬어 나가자.

　사람이 둘 이상 모이면 거기에는 관계가 형성된다. 서로의 얼굴을 아는 사람은 많지만 마음을 아는 가까운 사람은 과연 몇이나 될까. 기쁨을 함께할 사람은 많아도 아픔을 함께하면서 고독한 영혼을 달래 줄 사람은 과연 몇이나 되겠는가. 찢어진 옷을 입은 사람은 많지 않아도 인간관계에서 상처투성이가 된 사람은 얼마나 될까. 형제자매, 부부, 사제, 동료 그리고 그 어떤 관계에서도 갈등이 있고, 각자가 자기의 것을 너무나 사랑하기 때문에 기쁨을 주지 못하고 오히려 슬픔과 괴로움을 주며 갈등의 늪에서 헤매고 있는 것은 아닌지. 남을 미워하는 마음, 죽이고 싶도록 공격적인 마음, 질투심, 야심, 그리고 명예나 돈에 대한 욕심, 남들로부터 사랑받고 인정받기를 원하는 마음, 남들에게 의존하고 기대고 싶은 마음 등, 내면에 깔린 수많은 마음들이 너무 사랑하기 때문에 생기는 것은 아닐까.

　누군가를 기다릴 사람이 있는 사람은 행복하고, 그리하여 누군가를 생각할 수 있다는 것은 행복한 일이다. 세월이 더하면서 소박한 마음들이 점차 사라져 가고 어떤 이해관계에 의해 만나고 헤어지는 일이 많아지고 있다. 순수로 돌아가기 위해 욕심을 버리고 마음을 비워 보지만, 누군가가 자신을 생각해 주고 자신에게 도움 주기를 바라는 마음이 되살아난다. 보다 순수한 것은 만나는 사람이, 또는 자신이 지금 생각해 주고 있는 사람이 자신에겐 전혀 도움이 되지 않는 사람이다. 하지만 만나는 사람이 내게 전혀 도움이 되지는 않지만 마음 하나 진실하다면 그 만남은 좋은 만남이고 아름다운 것이다. 이것이 너희들과의 만남이다.

만남은 참으로 소중하다. 그러나 만남이 참된 만남이기 위해서는 서로 알아 가는 것이 중요하다. 인연으로 만난 아들과의 많은 만남을 뒤돌아보며 또 다가올 만남들을 생각해 본다. 어느 단어 하나 또는 어느 말 한마디에 편견과 오해가 실려 사람 속에 있는 본질을 망각하고 평면적으로 이해하며 살아오지 않았는지 되돌아본다. 그러나 우리는 우리를 단단하게 옭아매는 사랑이 있기에 다른 사람들의 삶에 관심을 가지고 참견을 하고, 생각과 의견의 차이로 갈등을 겪고 서운해하고 껄끄러워한다. 지나친 모성애로 자녀를 과보호하는 어머니, 가족들의 일에 사사건건 참견하여 자기만이 문제를 제대로 해결할 수 있다고 주장하는 부모, 그들은 자녀들이 성장한 후에도 그들이 스스로 자기 생활을 책임지도록 놔두지 못하고, 어른이 된 자녀를 여전히 통제하고 감독하려 한다. 이것도 사랑으로 만난 우리들의 관계이며, 우리의 만남은 이러한 과정을 반복하면서 성장하고 서로를 보듬어 준다.

미세한 진통과 함께 엄마의 품으로 다가온 너희들, 하늘이 무너지는 것만큼 크나큰 진통으로 세상 구경을 한 너희들, 울음소리와 함께 열 달

동안의 기다림과 힘들었던 순간이 어느덧 행복으로 다가온다. 고통이 크면 클수록 행복이 더해지는 순간이다. 갓 태어난 아들의 모습에서 최상의 만족을 느끼며 다가온 만남이, 세월을 더해 가면서 여러 가지 모양으로 다가온다. 때로는 아들의 투정에서 부모의 바람을 모르는 것 같아 아쉽기도 하고, 아들에게 제대로 살갑게 다가가 마음에 품은 생각들을 나누려 하였지만 일방적인 내 생각만을 강요한 세월들이 떠오르기도 한다. 출생과 더불어 일생을 살아가는 아이들이 엄마의 품에서 울고 웃으며 그들만의 사회를 만들어 간다. 언제 어디서 어떤 문제나 열린 마음으로 조건 없이 수용하는 엄마의 마음은 자녀를 강요로 앞에서 끌기보다는 뒤에서 밀어주며, 성장을 자극해 준다. 기대보다 잘하면 희망으로 가득한 하루를 보내고, 기대에 못 미치면 미워도 하고 실망도 하고, 때로는 기쁨으로 가득하여 슬픔도 미움도 잊고 산다. 세월과 더불어 가족의 만남이 계속되면서 서로를 용서하고 이해하고, 잘못한 일에 대하여 꾸짖거나 벌하지 아니하고 덮어 주고, 서로를 알아가거나 받아들인다. 매우 긴 시간, 우리는 옷깃을 스치며 만난다. 만난 순간들을 모두 기억할 수는 없지만, 누군가에게는 고마움을 느끼고, 누군가에게는 분노를, 또는 미안한 감정을 느끼며 지나친 순간들이 바로 우리들의 만남이다. 이러한 만남이 수레바퀴를 맴도는 다람쥐처럼 반복되는 것이 일상이다. 그리하여 최초의 만남을 되새기면서 서로를 보듬어 가는 세월을 기약한다.

　최초의 만남은 기다림으로 시작된다. 마음이 가라앉지 아니하고 들떠서 두근거리고, 가만히 있지 아니하고 자꾸만 움직인다. 이러한 만남이 깃털처럼 가벼운 일상 속에서 인생의 비밀을 하나하나 깨닫는 기쁨으로 거듭 태어나 세상을 알아간다. 일상 속에서 일어나는 작은 이야기들이 나의 삶을 이끄는 위대한 힘이 되어 우리들의 만남을 기쁨으로 맞이하고 설레게 한다.

코스모스 (수채색연필, 190x250mm)

고마워

남이 베풀어 준 호의나 도움에 대하여 마음이 흐뭇하고 즐거움을 느끼는 가을이다. 그리고 고맙게 여기는 마음이나 느낌이 여러 가지 형태로 다가온다. 특히 아들에 대한 고마움은 더욱 그러하다. 세상 밖으로 나올 준비가 된 아기가 따뜻한 엄마 품에서 태어나 줘서 고맙고, 건강하게 자라 줘서 고맙고, 너희들의 존재 그 자체만으로도 감사하고 행복하다는 걸 알게 해주어서 고마움을 느낀다. 엄마는 너희들이 모든 일을 너무 열심히 해줘서 고맙고, 최고이기보다는 최선을 다하는 너희들이 항상 자랑스럽다. 너희들을 만나고 함께한 날부터 사랑의 아름다움과 되돌아볼 추억을 만들어 주어서 고맙다.

가을이면 생각나는 추억. 울긋불긋 단풍이 절정에 이른 설악산으로의 가족여행은 잊지 못할 추억이다. 설악산은 천연보호구역, 국립공원, 생물권보전지역으로 지정된 우리나라 식물자원의 보고이며, 온대중부의 대표적인 삼림지대로서, 사계절 관광객이 많은 곳이다. 또한 설악산

일대는 세계적으로 희귀한 자연자원의 분포 서식지로 1982년 유네스코UNESCO에 의해 우리나라 최초로 생물권보전지역으로 설정되었으며 2005년 12월 세계자연보전연맹으로부터 국립공원으로 지정되어 외국인 방문도 잦은 곳이다. 설악동 민가에 사는 사람들은 무질서한 관광객들로 인해 눈살을 찌푸리기도 한다. 동물보호에 관심 있는 사람들은 동물들이 놀란다고 산에 가면 "야호" 소리도 지르지 않는다고 한다. 관광객의 일원으로 설악산을 찾은 우리들도 무질서한 행동을 하는 사람들을 만났다.

20대에 접어든 아들 삼형제, 그리고 아빠와 엄마가 갔던 설악산은 단풍구경이 한창이어서 사람들이 가득하였다. 그때는 설악산 입구부터 차량이 통제되어 산행을 위해 200m 이상을 걸어가야 했다. 맑은 공기를 마시며 울긋불긋 불타오르는 단풍을 바라보고 소녀처럼 기뻐하고, 그동안 못 다한 이야기를 나누며 산책로로 지정된 중앙차로에서 즐거움을 만끽하며 걷고 있었다. 산책로 중간쯤 왔을 때, 누군가가 "빠-ㅇ, 빵" 자동차 소리를 울리며 비키라고 외치는 소리에 엄마는 깜짝 놀라 뒤를 돌아보며 멈칫거렸다. 그리고 엄마는 무서워서 옆으로 비켜섰는데, 우리 아들 삼형제가 자동차를 막으며 "차량통제 구역인데, 당신들 뭐하는 거야" 하고 소리치며 엄마를 감싸며 놀란 가슴을 보듬어 주었다. 엄마는 깜짝 놀란 가슴을 추스르며 아들이 있는 중앙도로로 갔다. 그 당시, 너희들의 태도가 대견하고 자랑스러워 어깨를 쭉 펴고 걸었다. 아들에 대한 뿌듯함과 자랑스러움, 훌쩍 커버린 모습이 약간 징그럽지만 어느덧 자립심과 독립성이 강한 어른으로 성장하여 자랑스럽다. 많이 힘들고 어려울 때, 버팀목이 되어 준 너희들, 너희들이 조금 힘들어하는 것 같은 느낌을 받을 때마다 너희들 나름의 정체성을 찾아가는 통과의례라고 묵묵히 지켜보았던 엄마이기에 너희들이 더욱 대견스러웠다. 보기에 흐뭇하고 자랑스러운 아들, 매일매일 똑같을 수는 없겠지만 평범한 진실을 지키며 견뎌 내고 참고 인내하는 너희들을 보면 엄마의 마음은 즐거워진다. 그리고 너희들이 부모에게 큰 위안과 위로를 주는 존재라는 것을 새삼 느낀다. 나이 어린 철부지 아들이라 생각하였는데, 어느 날 문득 아이들이 점점 어른스러워졌다. 스스로를 극복하려 하고, 아픔이 있더라도 두려워하지 않으며 도전하는 아이들이 믿음직스럽다. 과거에는 일방적으로 나의 이야기만 잔소리처럼 했다면 지금은 내 이야기보다 아들 이야기를 더 경청해야 되는 나이가 되었다. 아들과 이야기를 나누면서 엄마의 마음속에서는 '우리 아들. 참 대견하다. 잘 컸구나'라고 이야기하고 있다.

'나무만 보고 숲을 보지 못하는 사람들의 행동'이 종종 우리의 눈살을 찌푸리게 한다. 이와 같은 모습이 계속된다면, 우리 사회는 어떤 모습이 될 것인가' 잠시 생각해 본다. 때와 장소를 가리지 않고, 자신들의 만족을 최대한 충족시키려는 행동은 결코 아름다운 모습이 될 수 없다. 이런 행동을 바로 잡아 가는 것이 너희들의 모습이다. 때로는 신경질을 부리고 부모 말도 안 듣고 방황하던 너희들이, 이제는 자신의 판단으로 사회 질서를 해결해 나가는 태도가 믿음직스러웠다. 특히 엄마 아빠를 보호하려는 모습이 흐뭇하고 고마웠다. 지금도 그때를 생각하면 기쁘다.

어린 시절, 너희들이 반듯하게 자라 주기를 바라면서 잔소리를 했던 엄마와 아빠가, 너희들의 보호를 받을 나이가 되었다는 것이 한편으로는 서글프기도 하지만, 마음 깊은 곳에서는 반듯하게 자라 준 너희들에 대한 고마움이 가득하다. 사회정의가 무엇인지를 알고, 정의로운 사회에서의 바람직한 삶을 선택할 줄 아는 너희들, 우리가 소중히 여기는 것들이 행복, 자유, 미덕에서 비롯됨을 알고 실천하는 너희들, 그리하여 행복을 최선으로 생각하고 서로의 자유를 존중하며 미덕을 행하는 너희들이 고맙다.

사람이 살아가는 과정에서 전환점이 필요할 때, 항상 힘이 되어 준 너희들이 있기에 용기가 난다. 살아온 방향을 바꿔야 하는 운명, 인생의 전환점이 여러 번 있었지만, 몇 번의 전환점을 넘기고 지나다가 이번이야 말로 정말 중요한 순간이라고 느껴지는 순간이 있다. 그럴 때마다 너희들이 중심에 있었다. "호랑이를 그리다 보면 고양이 모습이라도 그리게 된다"는 너희 아빠의 인생철학으로 희망과 절망이 반복되는 일들이 여러 번 있어 힘들었지만, 그래도 너희들 성장을 지켜보면서 꾸준히 주어진 환경과 타협하며 잘 견딜 수 있었다. 일상생활의 가속도를 내며 달리는 기차를 멈추게 한다든지 방향을 전환시킨다든지 궤도 수정할 수 있는 용기가 너희들로부터 나온 것이다.

너희들의 얼굴을 연상하며 삶에 대한 용기를 되찾는다. 바쁜 일상 속에서 휴식의 습관을 만들어 주는 너희들이 나를 행복의 중심으로 이끌고 있다. 이웃 친구들과 어울리던 시절에는 선택당하기보다는 선택하는 사람이 되기를 바라면서 너희들을 지켜보았다. 지금도 너희들이 사회 중심에서 스스로의 존재감을 확인하고 이웃을 사랑하는 모습들이 대견해 보인다. 너희들의 존재가 힘이 되어 오늘을 살고 있다.

'너희들의 힘'이, 때로는 포기하고 싶을 때, 지쳐 쓰러질 때도, 나에게는 생각하는 것 이상으로 엄청난 에너지로 되살아난다. 이 또한 '긍정적인 생각'으로 다가와, 어렵고 힘든 문제가 앞에 놓여 있더라도 나를 행복하게 만들고 있다. 어차피 내 자신 앞의 문제는 어떻게 마음을 먹든 상관없이 그렇게 놓여 있는 상황을 현실로 인식하고 받아들이는 긍정적인 사고로 이어지는 지혜를 발휘하여 현명한 판단을 하도록 도와주고 있다. 항상 힘이 되어 주는 아들, 고마워.

호랑이 얼굴 (연필 소묘, 190x250mm)

아침저녁으로 시원하다 했더니 어느 사이에 맑은 하늘 아래로 가을 색이 완연해졌다. 찬 서리와 함께 찾아오는 국화는 가을을 대표하는 꽃이다. 이미 너무나 많은 사람들에게 국화는 사랑받는 꽃이고 일상적으로 익숙한 꽃이다. 국화는 화려하지는 않지만 질리지 않는 꽃으로 인기가 많아서 자연스러움을 좋아하는 사람들이 주로 화분이나 화단에 심어 관상하거나 꽃꽂이용으로 널리 재배하여 그 품종이 수없이 많다. 국화는 품종에 따라 차이도 심하며 노제에서 월동이 되는 것도 있지만 그렇지 못한 것도 있다.

국화는 얼핏 비슷해 보이지만 꽃의 크기에 따라 큰 것을 대국大菊, 중간 크기를 중국中菊, 작은 크기를 소국小菊이라 하며, 꽃의 크기뿐만 아니라 화형, 화색이 매우 다양하다. 보통 중심부의 관상화(통꽃)와 가장자리의 설상화(혀꽃)로 구성되어 있는데, 설상화는 암술만 가지고 있지만 관상화는 암술과 수술을 모두 가지고 있다. 실제로 우리가 꽃잎이라고 생각하는 하나하나가 모두 꽃이다. 꽃잎의 형태도 다양하고 꽃의 색도 흰색, 붉은 색, 노란색, 분홍색, 혼합색 등 다양하다. 개화기는 9월에서 11월이고, 원예품종만도 수백 종이 넘는다.

다른 꽃들과 마찬가지로 국화에도 얽힌 전설이 있는데, 서양으로부터 이런 이야기가 전해진다. 그리스 로마에 '타게스'라 불리는 남자는 유난히 꽃을 사랑하는 사람이었다. 너무나 꽃을 사랑했기 때문에 꽃이 아파하거나 시드는 것을 자신의 일처럼 가슴 아파하고 싫어해서 어느 날 그는 직접 시들지 않는 꽃을 만들기 위해 향기로운 샘물과 자신의 금반지를 녹여 황금 물을 만들었다. 그림의 소질이 없던 그는 예쁜 꽃잎을 따로따로 오려 꽃을 만들었고 땅에 심어 주변 사람들에게 자랑을 했지만 향이 이상하고 바람 불면 날아가 버리는 꽃송이를 보고 사람들은 놀려 대며 그를 떠나갔다. 자신의 꽃과 자신을 떠난 사람들로 인해 슬퍼하는 타게스를 본 꽃의 여신이 그 마음을 위로해 주기 위해 타게스가 만든 꽃에 생명을 불어넣어 주었는데 이 꽃이 바로 국화라고 전해지고 있다.

국화는 여러 가지 색상을 가지고 있어, 그것마다 다 꽃말이 다르다. 흰색을 가진 국화의 꽃말은 '성실과 진실, 감사'를 나타내고, 노란색을 나타내는 국화는 '실망과 짝사랑'이라는 꽃말을 가지고 있으며, 빨간색을 나타내는 국화는 '나는 당신을 사랑합니다'라는 예쁜 꽃말을 가지고 있다고 한다. 불꽃을 닮은 스프레이 국화의 꽃말은 '잊을 수 없는 사람'이다. 이러한 꽃말을 가진 국화는 짧게 타오르고 사라져 버리기에 더욱 아름다운 불꽃이 되는 것처럼, 정열적인 사랑을 불살랐다면 비록 헤어졌어도 애절한 추억이 남는 것을 상징하기도 한다. 그래서 더욱 가을에 어울리는 국화꽃 바구니는 추억이라는 가을의 정취를 느낄 수 있는 좋은 선물이 되고 있다.

아름다운 천만 송이의 국화를 만나 볼 수 있는 국화 축제가 지역 단위로 열리고 있다. 가을의 끝자락에서 코스모스, 억새와 갈대, 그리고 파란 하늘 아래 국화 향기 가득한 국화 축제를 구경하고 아름다운 추억을 쌓는다. 어린 시절, 시청 앞에 위치한 덕수궁에서, 해마다 열리는 국화 축제에 엄마 손을 잡고 간 기억이 새록새록 떠오른다. 그 당시의 국화 축제는 여러 가지 모양의 국화도 있었지만, 국화를 우리나라 지도라든가 여러 가지 상징적인 모양으로 키워 낸 것들도 많았다. 이러한 어린 시절 추억들로, 가을이면 국화를 한두 송이를 화분에 옮겨 키워 본다.

하루 종일 햇빛이 잘 드는 곳에 국화를 심고, 배수가 잘 되도록 모래를 섞어 화분에 흙을 채웠다. 화분에 피어난 국화꽃을 바라보며, 중얼거린다. '국화 옆에서(서정주 詩), 한 송이 국화꽃을 피우기 위해 봄부터 소쩍새는 그렇게 울었나 보다……, 노오란 네 꽃잎이 피려고 간밤엔 무서리가 저리 내리고 내게는 잠도 오지 않았나 보다'를 생각하며, 국화꽃 한 다발을 만지작거리며 꽃병에 꽂아 본다. 그리고는 하루의 피곤이 사라지는 휴식을 만끽하며 국화차를 마신다. 은은한 국화향이 입안에 가득 퍼지면 왠지 모르게 몸도 좋아지는 기분이 든다. 식용으로 사용할 수 있는 국화로 만든 국화차는, 국화를 깨끗이 씻어서 약간의 소금을 넣고 찜통에 살짝 쪄서(2~3분 정도), 마른 행주로 물기를 제거한 다음 그늘에서 말려 준다. 이렇게 여러 번을 반복하여 쪄주고 말려서 먹으면 건

국화꽃꽂이 (유화, 318x409mm)

강식으로도 엄청나게 좋다고 한다. 보기 좋은 유리 주전자에 넣어서 뜨겁게 우려서 찻잔에 한두 송이를 띄우면 말려졌던 국화가 되살아나, 눈도 즐겁고 몸에도 좋은 국화차가 만들어진다. 예로부터 오랫동안 복용을 하면 몸을 가볍게 하고 혈기에 좋고, 위장을 편안하게 도와주고, 감기나 두통 현기증, 불면증에 좋고, 말린 국화를 베게 속에 넣고 자면 잠이 솔솔 잘 온다는 이웃 친구의 이야기를 듣고 흉내를 내본다.

야생화처럼

자연에 묻혀 살고, 자연을 먹고 사는 야생화. 우리의 무관심 속에서 조상들의 정서에 영향을 끼쳐 왔던 야생화들이, 가을이면 더욱 눈에 띈다. 가을 들판이나 산에서 흔히 볼 수 있는 쑥부쟁이를 비롯하여 구절초, 과꽃, 산국화, 취나물꽃, 들국화들이 만발하여 가을의 향취를 더하고 있고, 으름, 산수유, 구기자열매 등이 풍성하게 가을 산야를 뒤덮고 있다. 그 이외에도 까마중, 천남성, 단풍취꽃, 다래덩굴, 물봉선, 나팔꽃, 박주가리 열매, 석산(꽃무릇), 하수오, 산초열매, 맨드라미꽃(계관화) 등이 시골의 정취를 듬뿍 머금고 있다. 가을 숲에 가득 핀 야생화를 눈에 담고 여유롭게 풍경도 즐기고 푸르른 가을 산을 맘껏 즐긴다. 친구들과 찾은 허브 농장에서 야생화를 만나고 추억을 쌓았던 그 시절, 종류도 많고 색깔도 다양하여 자세히 들여다볼 수 있는 아쉬움을 남기고 돌아와, 색깔이 비슷해서 하마터면 그냥 스쳐 지날 뻔했던 야생화를 기억해 본다.

쑥을 캐러 다니던 대장장이의 딸이 죽어서 핀 꽃이라고 전해지는 쑥부쟁이는, 연한 자주색 꽃으로 가운데 통꽃은 노란색이다. 구절초는 꽃을 술에 담가 먹기도 하며 화단에 관상초로 심거나 꽃꽂이에 사용하고 한방에서는 부인병 치료에 쓰이기도 한다. 과꽃은 예로부터 관상용으로 많이 심어 왔고, 야생 상태로 자라는 것은 원래 여러해살이풀이었으나 관상용으로 개량해 심은 것은 한해살이다. 참취는 국화과 식물 중에서 유일한 무성번식 식물로, 향긋한 어린 순을 취나물이라 하여 먹는다. 산수유는 원래 약용으로 심어 왔으나 점차 관상용으로 가꾸기 시작하였으며 꽃은 노란색인데 잎보다 먼저 피고 20~30개의 꽃이 모여서 피는 특징이 있다. 단풍나무는 주로 관상용으로 심으며, 꽃은 5월경에 가지 끝에서 피고, 높고 푸른 가을 하늘을 배경으로 온 산야를 물들이고 있다. 석산(꽃무릇)은 절에서 흔히 심고 산기슭이나 풀밭에서 무리 지어 자란다. 비늘줄기는 넓은 타원 모양이고 지름이 2.5~3.5cm이며 겉껍질이 검은색이고, 꽃은 9~10월에 붉은색으로 피고 잎이 없는 비늘줄기에서 나온 길이 30~50cm의 꽃줄기 끝에 산형꽃차례를 이룬다. 잎이 있을 때는 꽃이 없고 꽃이 필 때는 잎이 없으므로 잎은 꽃을 생각하고 꽃은 잎을 생각한다고 하여 상사화라는 이름이 붙었다. 집 정원에 흔히 심어 기르는 맨드라미꽃(계관화)은 붉은색, 노란색, 흰색 등 여러 가지가 있으며, 염료로도 쓰고 한방에서는 씨를 약으로 쓰고 있다.

야생지역에서 인공적인 보호 없이 스스로 자라는 야생화는, 야생식물 가운데 특히 꽃이 아름다워서 관상적인 가치가 있는 것을 지칭하나, 최근에는 '야생화'라는 용어를 '야생식물' 모두를 포괄하는 일반적인 의미로 사용하고 있다. 자생 야생화는 크게 네 가지로 분류되는데, 원산지는 외국이나 이미 토착화된 귀화식물, 특정 국가 또는 지역에만 존재하는 특산식물, 인간이 돌보지 않는 상태의 들이나 산에서 자라는 야생식물, 특정 지역에서 오랫동안 자라온 향토식물이 그것이다.

밤사이 싱그러운 풀잎마다 꽃잎마다 맺혔던 이슬 방울이 눈부신 태양이 떠오르면 더욱더 영롱하게 빛나는 가을이다. 가까운 곳에 두고 틈나는 대로 세심하게 살펴볼 수 있는 구절초를 화분에 심고, 베란다의 작은 공간을 아름답게 산뜻하게 꾸며 본다. 간결하고 아기자기한 꽃이 눈길을 사로잡는다. 인공적인 노력이 가해지지 않는 야생상태에서 개화하는 식물, 야생화가 내 곁에 있으니 그 느낌도 다르다. 마음속으로 야생화로 하나의 성城을 그리고, 이야기한다. 시골길에서 흔히 볼 수 있는 꽃들과 향내가 나를 뒤덮으며 자연을 그대로 담아내고 있다. 어려서 오빠와 함께 뒷동산에서 따먹던 까만 열매(까마중) ― 지금은 상상도 할 수 없는 일이지만 ―와 함께 같이 뛰놀던 그 시절이 한없이 그리워진다. 그 기억 속에서 옛날에 먹었던 까만 열매의 맛이 가물가물 피어오른다. 열매가 까매서 까마중이지만 맛은 정말 달콤하다. 예쁜 꽃이 지면 파란 열매를 맺고, 그게 익으면 까맣게 된다. 먹을 것이 흔하지 않았던 그 시절에는 야산을 뛰놀다 까마중 열매를 만나면 너무나도 기뻤다. 까만 열매를 골라 따 먹는 재미도 솔솔, 입가가 까맣게 된 줄도 모르고 까맣게 된 오빠와 친구의 입을 보고 한바탕 웃고 놀았다. 지금은 약초로 쓰인다고 한다. 배고팠던 어린 시절, 밭둑이나 야산 풀밭에서 따먹던 까만 열매, 주변에서 흔히 볼 수 있는 까마중이 지금은 만병통치약이라는데, 그러고 보면 우리는 어릴 때 좋은 것만 먹고 자랐나 보다. 지금은 돈 주고 사먹는 까마중이 지천이었던 어린 시절이 그립다.

까마중 (수채색연필, 190x250mm)

어떻게 지내니?

집안일을 하며 온몸에 근육통이 올 때, 따뜻한 차 한 잔을 마시고 베개를 끌어안고 맑고 푸른 하늘을 바라본다. 눈에서 맴도는 그칠 줄 모르는 집안일을 제쳐 놓고 자유를 즐긴다. 덕분에 하늘에 떠 있는 구름의 움직임도 느껴 보고, 솔솔 불어오는 바람 따라 자연의 향기도 담아 본다. 그러다가 나란히 앉아 이야기하는 이웃 모습을 보면, 문득 너희들이 어떻게 지내고 있는지 궁금해진다. 마주보면서 이런저런 얘기를 하고, 많은 생각과 지난 추억들을 회상하며 속으로 웃고 울던 순간들이 오늘따라 더욱더 생각난다. 머나먼 추억 속에서의 이야기, 아직도 너희들의 이야기를 기다리는 마음이 내 안에 숨어 있다. 너희들의 하루가 궁금하다.

오늘 하루 어떻게 보냈니? 너희들 근황이 궁금하여, 전화기를 만지작거리기를 여러 번, 괜스레 수화길 들었다 놨다 그렇게 보내는 하루 생활이다. 너희들 하루 생활이 궁금하여 메시지를 보낸다. "아이들 잘 놀고 있지”라고 간접화법으로 몇 자 적으면, “잘 놀고 있어요”라는 답장을 받고는 모든 궁금증을 풀어내고 편하게 베개를 끌어안고 휴식시간을 즐긴다. 그러고는 스스로의 생각을 추스르며 나의 삶을 되돌아보는 시간을 갖는다. 젊은 시절에 스스로의 자존심을 지키기 위해, 자기 입장에서 변명을 하고 있는 하루를 보낸 일들. 조금 불편한 일이 생기면 정황을 살펴보기 전에 짜증부터 부렸던 일들이 부끄럽게 느껴지는 하루다.

눈을 게슴츠레 떴다가 감는 순간, 엄마가 살아온 시간들이 떠오른다. 순간순간 이어지는 삶의 모퉁이에서 생각하는 행위에 제동을 걸 수는 없는 경우가 많지만, 그 방향을 바꾸려고 노력하는 일들이 나를 풍부하게 해주었다. 생각의 나침반을 동서남북으로 자유롭게 돌려, 인생의 주인공이 되어 시나리오를 쓰며 혼자 미래를 꿈꾸었던 시간들. 원하지 않는 일을 해야 할 때, 마음이 괴롭고 귀찮게 여겨질 때, 그런 일들이 나의 일상에서 통과의례라며 여러 가지 삶의 부딪침과 어수선한 분위기 속에서 묵묵히 자신의 일을 받아들이고 도전했던 그 시절. 여러 가지 삶의 부딪침과 어수선한 분위기에서 벗어나 무언가 굵은 선을 머릿속에 그어 보면, 내 자신이 정리되어 가는 기분이었다. 그러나 그 윤곽을 설명할 수 없는 나의 한계에 부끄러움을 느끼며 오늘을 보낸다. 그리고 너희들에 대한 고마움과 짠한 마음이 교차하면서 너희들의 하루 생활을 궁금해하며 시간의 여유로움을 느끼는 휴식을 취한다. 복잡한 일상을 접어 두고 단순한 생각으로 휴식 시간을 가져 본다.

좋았던 시절을 생각하고 마음의 피곤함을 달래며, 적당히 바쁘면서 따뜻한 오후를 즐긴다. 꿈이 많던 시절에는 문득 누군가를 만나 이야기하고 싶어서 집으로 달려왔지만, 모두 나가 버리고 이야기를 들어줄 사람이 아무도 없어 혼자 쓸쓸한 하루를 보내기도 했다. 때로는 누군가와 생각을 공유하고 함께 이야기를 하고 싶어 친구를 만났지만 하고 싶은 이야기를 일방적인 수다에 전달하지 못하고 뜨악한 분위기로 껄끄러운 만남으로 이어지기도 했다. 어느 순간에 만난 사람에 따라, 생각이 분분하여 혼란스러운 하루를 보내는 경우도 종종 있었다. 그러나 나이가 많아지면서 어느 날부터 혼자 시간을 보내는 휴식이 일상으로 다가왔다. 너희들은 오늘 하루를 어떻게 보내고 있니?

아직 가을이라고 하기에는 좀 이른 감이 있지만 그래도 아침저녁으로는 초가을의 선선한 바람이 옷깃을 여미게 만든다. 지난여름에 전국을 찜통더위로 만든 밤과 낮으로 퍼붓던 아열대 기후도 다가오는 가을 발자국 소리에 미련 없이 물러가고 있으니, 흐르는 세월 앞에 버틸 수 있는 것은 아무것도 없나 보다. 매년 맞이하는 가을이라고 다 같은 가을이 아니듯, '가을'이라는 이름 속에 담긴 우리의 삶과 마음은 작년과 올해가 다르고, 또 내년도 다르다. 또 하나의 가을이 아닌 특별한 가을을 만드는 지혜가 이번에 다가오는 가을을 더욱 풍성하게 만들어 주리라 기대해 본다.

가을이 우리에게 주는 것은 넉넉함이다. 오곡백과가 무르익고, 눈이 시리도록 높고 푸른 가을 하늘은 우리의 가슴을 시원케 만들고, 따사로운 가을 햇살은 풍성한 결실을 만들어 주고, 가을비는 마음에 촉촉함을 더해 준다. 가을밤의 둥근 보름달은 사람의 마음을 넉넉하게 만들어 주며 이웃과의 나눔을 더해 주고 있다. 특히 음력 8월 추석은 아주 오래 전부터 조상 대대로 지켜 온 우리의 큰 명절로 일 년 동안 기른 곡식을 거둬들인 햇곡식과 햇과일로 조상들에게 차례를 지내고, 이웃들과 서로 나눠 먹으며 즐겁게 하루를 지내는 날이다. 아무리 가난한 사람도 떡을 빚어 나눠 먹었다고 해서 속담 중에 "일 년 열두 달 삼백 육십오일 더도 말고 덜도 말고 한가위만 같아라"라는 말도 생겼다고 한다. 햇과일 하나만 보아도 조상들에게 감사드릴 줄 알았던 옛 어른들의 겸손한 마음이 생각나는 계절이다. 이런 풍성한 자연의 혜택을 입은 우리도, 자연과 더불어 성숙하고 넉넉한 마음으로, 바쁘게 뛰어다니며 살아왔던 일상에서 한 템포 늦춘 여유를 필요로 하고 있다.

지금까지 옆도 돌아보지 않고 앞만 바라보며 뛰어가면서도 왜 뛰어야 하는지, 어디로 가고 있는지도 모른 채 달려왔던 많은 시간들, 그 덕에 생활은 조금 여유가 생겼는지 모르지만 정작 우리의 마음은 더 초조하고 조급해진 것은 아닌지. 가을의 문턱에서, 붉게 물드는 단풍도 감상하고, 가을 들판을 보며 밥상 위에 올라온 밥알 한 톨이 어디에서 생겨난 것인지도 생각해 보고, 가을밤에 높이 뜬 둥근 달도 감상하면서 삶을 음미해 본다. 차가운 겨울바람에 옷깃을 여미기 전에 신선한 가을바람에 움츠러들고 닫힌 우리의 마음을 활짝 열고 가을 향기를 온몸으로 느끼는 여유를 가진다.

시간의 연속이 하루를 만들며 나를 형성해 나가듯, 차곡차곡 쌓여지는 적막함의 나래들을 이어 보고, 스스로 어려움을 이겨 내고, 오늘의 시간마다 충실한 열매를 맺으며 내일의 선善을 위해 최선을 다한다. 그리고 이웃과 소통하며 보내는 하루가 이웃의 외로움을 달래며 공감해

주고, 너와 나의 삶에 대한 깊은 욕구를 채워 주는 일과이기를 기대해 본다. 다른 사람을 변화시키는 것은 힘들어도, 자기 자신을 변화시키는 행동은 가장 손쉬운 선택이다. 간디는, '세상이 변하는 것을 보고 싶으면 우리가 변해야 한다'고 하였다. 이와 같이 내 자신의 움직임이 내 자신을 변화시키고, 세상을 보는 시각도 변화시켜 나간다. 아들아, 오늘은 어떤 선택을 하고 있니?

우리 속담에 '대접이 제게서 나온다'는 말이 있다. 어떤 사람을 나무란다면 그 사람과 한동안 아주 좋지 않은 상태를 유지하게 되고, 누군가가 나를 나무란다면 나도 그 사람을 좋아하지 않을 것이다. 화났을 때 자기감정에 도취되어 감정대로 행동을 하면 그 결과는 어떨까. 아이들이 기대에 어긋나는 일을 하거나 듣지 않으면, 엄마는 야단치고 때리고, 아이들 몰래 눈물을 흘리며 후회한다. 아이 행동의 잘못을 판단하기보다는 엄마의 기분대로 행동한 것이 미안하기 때문일지도 모른다. 아이들은 사랑받으려고 어리광도 부리고 개구쟁이도 되고 싶은데, 엄마의 잣대는 '엄친아'의 신비에 쌓여 있어 내 아이들을 부정적으로 보고 있는 것은 아닌지. 칭찬받는 사람은 어떤 행동을 하든 늘 칭찬을 받고, 혼나는 사람은 늘 혼나게 된다는 말이 있다. 사람은 생각하는 이성적인 존재라고 하지만, 이러한 이성도 결국 '부정否定과 긍정肯定'이라는 감정에 따라 좌우된다.

부정否定이 이어지는 이야기가 지속되면 애매해지고 혼란해진다. 애초에 내가 부정하려했던 것이 무엇이었는지도 헷갈릴 수 있을 만큼 부정이 부정으로 이어지는 대화로 스스로 갈등을 느끼는 경우도 있다. 그

맨드라미 (수채색연필, 190x250mm)

러나 때로는 비판적인 시각을 갖는 것도 물론 중요하다. 하지만 부정만 이어지는 비판적인 시각만을 가지고 있는 것은 목적을 명확히 하지 못하므로, 부정해야 할 것을 부정할 때보다 긍정해야 할 것을 찾아서 긍정해 낼 수 있을 때, 목적은 더 명확해질 수 있을 것이다. 같은 문제와 같은 상황을 어떻게 대응하고 선택하느냐에 따라, 오늘 하루의 생활이 즐겁고 기쁠 수도 있는가 하면 반대로 가장 슬픈 나날들로 이어지게 될 수도 있는 것이다. 슬픈 마음이 들면, 여기저기 둘러보며 움직이는 행동을 선택할 때에, 내 몸안의 에너지가 용기를 줄 것이다. 또한 긍정적인 생각은 자기 기분도 좋은 방향으로 데려갈 뿐만 아니라 다른 사람에 대한 배려도 잊지 않는 너그러운 마음을 준다. 그리고 어렵고 힘든 일이나 곤란한 일에 부딪쳐도 결코 단념하지 않고 끝까지 노력하는 용기를 줄 것이다. 부정 속에서 긍정의 생각을 찾아가는 노력은 결과가 좋든 나쁘든 그것대로 솔직히 받아들이며, 일을 중도에서 팽개치지 않으며 끝까지 해나가려는 의지로 이어질 것이다. 실패와 성공 모두 필요한 것으로 이해하고, '이 세상에서 살아가는 것은 모두 가치가 있는 것이다'라고 생각하는 하루다. 아들아, 오늘은 어떻게 지내고 있니?

생활 속의 질서

"아침 해가 떴습니다. 자리에서 일어나 세수하고 이를 닦자, 윗니 아랫니 닦자..." 아이들의 노랫소리가 들려온다. 그리고 시간의 흐름이 하루를 만들고, 하루가 거듭되면서 봄, 여름, 가을, 겨울의 사계절로 이어지고, 우리들은 계절의 변화에 따라 분주히 움직인다. 특히 봄에 씨앗을 뿌려 여름을 지나 가을걷이를 하는 일련의 과정은 곧 우리들의 생활이고 그 속에는 자연의 질서가 있다. 씨앗이 흙에서 자라나와 싹을 피울 수 있는 자유를 만끽하며, 꽃을 피우고 열매를 맺는다. 이러한 자연 속에서 우리가 살고 있고 자연과 더불어 자유를 누리며 질서를 지켜 나가고 있다.

가을에 피는 꽃은 봄과 여름에 비해 그 수가 적다. 무궁화는 여름부터 피기 시작하지만 역시 가을로 이어져 피는 꽃이다. 감나무는 아름다운 단풍과 수없이 열리는 열매로 시골마을의 가을 풍경을 대표한다. 주로 남부 지방에 많으며, 마을 나무로 심어져 열매의 식용 가치 외에 아름다운 풍치로서의 가치도 크다. 감을 딸 때에는 나무에 몇 개쯤은 남겨 놓고 따는 습속이 있는데, 이것은 까마귀와 까치를 위한 것으로, 홍시가 된 뒤 새들이 쪼아 먹는 풍경에서 선조들의 자연 사랑을 엿볼 수 있다. 단풍나무는 우리나라 가을 산의 대표적인 나무로, 설악산과 내장산의 풍경이 유명하다. 가을 단풍을 장식하는 나무에는 단풍나무 외에도 참나무, 옻나무, 화살나무, 자작나무, 은행나무 등 그 종류가 많은데, 각기 나름대로의 색깔로 단장을 하고 있다. 산기슭과 밭둑, 그리고 마을 주변 어디에나 서식하는 밤나무가 그 탐스러운 아람이 벌어질 즈음에는, 가을이 한껏 무르익어 가고 있음을 느낄 수 있다. 그 밖에 가을에 꽃을 피우는 나무로서는, 남쪽 해안이나 도서 지방에서 볼 수 있는 동백나무가 대표적이다. 아울러 가을 산과 들은 단풍과 열매로 장식되는데, 아름다운 열매에는 산수유나무와 대추나무, 석류나무 등이 있다. 이러한 열매가 산과 들을 물들일 때, 갈대와 억새 등은 독특한 꽃을 피우면서 가을의 풍치를 더해 준다. 이때쯤이면 뜰에는 붉은 맨드라미의 꽃이 한창 피어 간다. 국화는 가을과는 뗄 수 없는 꽃이다. 시가나 그림의 소재로 이루어져 많은 사랑을 받았으며, 국화주는 별미로 알려졌다.

나는 사시사철 변하는 자연 속에서 꽃향기를 듬뿍 마시며 자유를 느껴 보곤 한다. 자유롭게 듣고 자유롭게 보며 자유롭게 생각하는 가운데, 자연스럽게 질서의 원칙을 발견한다. 이러한 자유와 질서는 삶 속에 녹아 있는 문화로서, 환경에 따라 각자 다른 모습을 보인다. 자연 속에서 다른 사람들과 일정한 관계를 맺으면서 살고, 자기가 맺고 있는 모든 관계들에 대해 관심을 가지고, 이러한 관심 속에서 경이와 놀라움을 느끼곤 한다. 뉴스 보도를 통해, 지진이나 위기를 경험하는 이웃의 이야기를 듣고 불안을 느끼고 함께 슬퍼하기도 하고 폭설이나 홍수 등의 자연재해를 두려워하기도 한다. 반면에 자연의 아름다움을 찾아 자유로운 여행을 하며 산 정상을 오르고 새로운 도전을 선택하는 사람들의 이야기는 희망의 메시지를 전하기도 한다. 이러한 선택의 자유가 없다면, 나는 이웃의 선함도 아름다움도 깨닫지 못할 것이다. 자연의 아름다움을 느끼고 도전하며 삶의 본질이 무엇인가를 묻고, 구체적으로 물어본 것들이 시간의 흐름과 더불어 스스로 답을 찾아가는 우리들의 생각에 의해 다시 질서가 형성된다.

이러한 물음과 함께 떠오르는 생각들이 습관이 되어 오늘에 이른다. 오늘도 부딪치는 일들, 그것이 부엌에서 음식을 만들고 식구들을 위한 밥상 준비를 하고 설거지를 하는 것일지라도 질서가 있다. 그 속에서 선택의 자유가 있음을 느껴 본다. 때로는 반복되는 일상으로 자유보다는 속박이라는 생각이 들기도 하지만, 이것이 주변 사람들의 행복으로 이어지는 가치라면 나에게 주어진 '생활 속에서 선택할 수 있는 자유가 무엇인지'를 생각하고 작은 실천을 위한 기회라고 생각해 본다. 생활 속에서 일어나는 일들은 일련의 질서를 지키며 유지된다. 식사 준비를 위해 물건을 사고, 관리하고 음식을 만들고, 개인 위생관리를 하고 집안 청소를 하는 과정도 그러하다. 누가, 무엇을, 언제, 어디서, 어떻게, 왜 등의 육하원칙은 일상과 특별한 행사를 준비할 때 적용되는 경우가 허다하다. 엄마와 가족들이, 손녀 손자의 태권도 시범을 보기 위해, 오늘,

구민체육센터 행사에, 즐거운 마음으로 참가하여 좋은 결실을 기대하며 응원하고 기뻐하는 일도 육하원칙에 따라 개인의 역사를 만들어 가고 있다.

일상이 이어져 만들어진 개인의 역사는 현재와 과거의 끊임없는 대화이며, '과거는 현재의 거울'이라는 역사학자들의 명언은 주부 한 개인의 개인사에도 그대로 적용된다. 개인의 역사와 가정의 역사를 여러 방법으로 살피다 보면 가정과 아이들의 성장 과정, 생활의 변화 과정 등을 아주 객관적으로 보게 되고 더불어 나 자신도 살펴볼 수 있는 계기가 된다. 이런 과정에서, 자신의 잠재력을 찾아내어 터닝 포인트의 기회로 삼고, 현재의 자신을 인정하고 새로운 출발을 한다. 이것이 엄마의 도전이다.

어떤 어려움에 봉착했을 때, 그 순간을 어떻게 관리하는가에 따라 그 사람의 운명은 다르게 나타난다. 자기감정에 도취되어 감정가는 데로 행동을 하면, 그 결과는 어떨까. 중요한 수술을 받거나 이야기를 나누거나 작은 문제가 서로 갈등이 되어 고달플 때, 작은 실타래를 어떻게 하면 풀어 줄 수 있을까. 무엇이 나를 이끄는가. 우리는 다른 사람들의 머릿속을 들여다볼 수도 없고 그들을 이끄는 것을 볼 수도 없다. 그들이 말하는 것을 들을 수도 있고 행동하는 것을 볼 수도 있지만 그들을 이끄는 것이 무엇인가에 대해서 알기 힘들고, 우리들 가운데 어느 두 사람도 그들의 머릿속에 똑같은 사진을 갖기가 불가능하다. 당신과 내가 같이 살면서 우리 사진첩의 사진 가운데 절반을 공유한다면, 우리는 아마 대부분의 사람보다 공통되는 것을 더 많이 갖고 있는 셈일 것이다. 만일

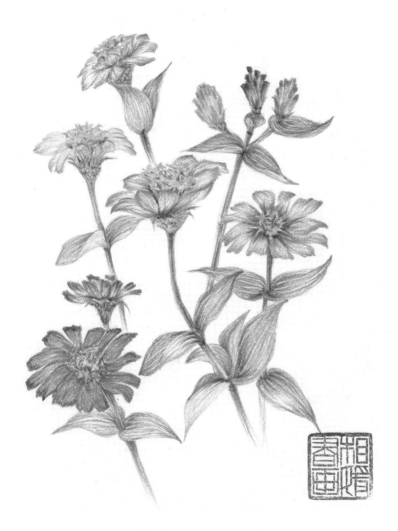

백일홍 (수채색연필, 190x250mm)

우리가 인생을 효과적으로 통제하고자 한다면, 어느 두 사람도 똑같은 사진을 공유할 수 없다는 사실을 인식해야 한다. 그리고 우리의 모든 행동(낡은 행동이든 새로운 행동이든)은 우리가 원하는 것과 우리가 가지고 있는 것과의 차이를 줄여 나가는 선택의 결과이며, 그로 인해 내 삶의 새로운 질서가 만들어지고 있다.

가을 하늘을 바라보며

　가을 하늘은 높고 푸르다. 맑은 하늘에 떠 있는 구름조각은 마치 새 깃털처럼 바람 부는 데로 떠다닌다. 내 마음도 구름 따라 바람 따라 흘러간다. 하늘을 바라보며 깊은 숨을 들이쉬고, 창밖을 보고 꽃향기를 맡아 보고, 맑은 가을 하늘을 쳐다보고, 무거운 마음을 깃털처럼 조각 내어 하늘로 날려 보낸다.

　늦가을, 무와 배추가 뽑히고 아낙네들이 김장 준비를 서두를 때가 되면, 기러기 떼들이 하늘을 가로지른다. 시골 마당에는 새 창호지로 단장된 문짝이 가을 햇볕을 받아 팽팽하게 마르고, 문틀 손잡이 부근에는 국화꽃잎과 대나무잎, 단풍잎들이 창호지 사이에 수놓아지며, 초가지붕을 덮기 위한 이엉이 엮어져 따뜻하고 풍요한 겨울 준비에 접어든다.

　도시와 어우러진 파아란 하늘에는 그림이라도 그린 듯, 하얀 뭉게구름이 떠 있다. 소나무 사이로 보이는 하얀 구름이 멋지게 자리 잡고 있고, 숲길을 지나 정상에 다다르니 가을 하늘에 하얀 구름들이 수놓은 듯, 나의 시선을 빼앗아 간다. 가슴을 쭉 펴고, 고개를 들고, 심호흡을 하여 맑은 공기를 듬뿍 들이 마신다. 기분이 좋아진다. 내가 기억하지 못하는 과거의 어떤 불쾌한 사건들이 확 사라지면서 내 마음은 더욱 가벼워졌다. 일이 괴롭거나 마음이 번거로울 때, 하늘을 바라보면, 더욱 높고 맑아 보인다. 맑고 높은 하늘과 함께 태양열로 따뜻하게 달궈진 바위에 앉아 보니 절로 신발이 벗겨진다. 맨발로 자연의 시원함과 자유를 만끽하면, 그 마음은 더욱 상쾌하다.

가을 하늘은 정말 예쁘다. 아침저녁으로 쌀쌀하다 못해 서늘함이 느껴지는 가을이지만, 가을 하늘은 따뜻하고 맑다. 옛말에도 봄 햇살은 며느리를 내보내고 가을 햇살에는 딸을 내보낸다는 속담도 있듯이, 아주 따가운 열을 내품는 가을 하늘은 눈부시게 아름답다. 아직 햇살은 뜨겁지만 시원한 바람이 불어 좋고, 그 속에 어우러진 자연을 보고 있으면 마음도 편안해진다. 그림처럼 아름다운 노을을 바라보며, 바쁜 일상을 잠시 뒤로 하고 드라마틱한 가을 하늘을 감상한다.

여름에 뜨거운 햇살 또는 온통 검은 구름이 비를 몰고 왔었던 지난날들, 막힘없이 불어닥쳤던 큰바람도 멀리 사라지고, 맑고 맑은 계절의 앞에서 하늘이 제 모습을 드러내고 있다. 파랗고 하얀 구름이 하늘에서 그림을 그린다. 내 눈에 예쁜 색깔들을 넣어 보고 즐거워하며 하늘에게 고맙다는 말을 해본다. 나도 언젠가는 가을 하늘이 되어, 어지러웠던 여름의 계절을 참고 기다려 주었던 모든 사람들에게 고마움을 전해 주고 싶다. 저 하늘이 그냥 흘러가지 않게, 그리고 시원한 가을바람이 그냥 나를 지나치지 않도록 용기를 내어 붙잡는 여유를 가져 본다. 걱정과

근심, 그리고 앞날에 대한 두려움으로 파묻혀 있던 나를 꺼내 준 가을 하늘이 정말 고맙다. 모든 꽃들이 흔들리며 피어난다는 지혜를 알게 해 주는 가을이다.

지난 계절의 느낌은 어떠하였던가. 햇빛이 비치면 눈을 감고, 시끄러운 소리가 나면 귀를 막는 것처럼 보낸 그날들이, 내 마음을 어지럽히고 있다. 계절의 열기만큼이나 남을 미워하는 마음, 남들로부터 사랑받고 인정받기를 원하는 마음, 남들에게 의존하고 기대고 싶은 마음 등 내면에 깔린 수많은 마음들이 스쳐간다. 화가 날 때 분노를 보지 못하고 기쁘고 즐거울 때 행복을 듣지도 못하듯 지나쳐 버린 그날들. 다른 사람의 난폭한 행동을 보고 분노하고, 웃음소리를 듣고 행복하다는 것을 알게 된다. 때로는 어떤 사람이 우는 것을 보고 그 사람이 슬퍼서 그런 줄 알지만, 사실은 기뻐서 울 수도 있고, 감정과는 전혀 관계없이 알레르기와 같은 단순한 몸의 반응 때문에 그럴 수도 있다는 사실을 잊고 내가 느끼는 데로 해석한 적도 있다. 자연에 대한 느낌도 마찬가지다. 사람마다 느끼는 바가 다르겠지만, 나는 스스로 나에게 주어진 자연을 만끽하며 거기에 반응하고, 자유로운 감정을 느끼고, 나만의 공간에서 자유로움을 느낀다. 자기 자신을 위해 울고 웃으며 여러 감정을 느껴 본다. 기분이 올라가든 내려가든 그렇게 살고 있다는 것을 즐긴다. 우는 것은 마음을 정화시켜 주고, 부정적인 생각을 종이에 쓰고 그 종이를 찢어 버리거나 자리에 누운 채로 허공에다 발길질을 하면서 감정을 조절한다. 과거 경험으로부터 새로운 것을 배우고, 그러한 경험을 생각하며 더 나아간다. 어떤 경험은 훨씬 더 쓸모 있는 나를 만들고, 어떤 경험은 하루 지난 신문이나 낡은 잡지, 또는 더 이상 맞지 않는 옷과 같은 것일 수도 있다. 이러한 것들을 재활용하여 사용하거나 버리는 것도 나의 선택이고 자유다.

예전같이 대식구가 모여 떠들던 전통 명절 분위기는 아니지만, 암으로 고생하고 있는 큰언니를 찾아보고 아들 손자들과 며느리와 함께 보낸 추석 명절. 함께 모인 가족들이 일상으로 돌아간 시간에, 여유로운 마음으로 공원을 거닌다. 한적하고 고요한 바람소리도 좋고, 마음까지 맑아지는 가을 하늘을 보니 지난 시간들보다는 앞으로 걸어야 할 시간들이 머릿속을 가득 채운다. 즐겁고 행복한 생각들이 채워지면서, 오늘 만난 가을 하늘은 지금까지 내가 보았던 가을 하늘 중에 가장 행복한 모습이다. 야생화 주변에 놀고 있는 잠자리와 불광천에서 헤엄치고 있는 오리 모습이 가을 하늘 빛을 더욱 짙게 물들이고 있다. 바쁜 일상으로 계절이 바뀌는 줄도 모르고 흘러간 시간이었지만, 여기 와서 비로소 계절이 바뀐 것을 느낀다. 가을은 우리 모두의 계절이 아닌가. 솔솔 부는 가을바람에서 느껴지는 서늘함이며 기울어지는 그림자들, 그리고 검푸르고 무성했던 녹음도 어느새 단풍으로 물들고 있는 것을 보니, 벌써 가을이 왔나보다. 바쁘게 살아왔다고 말은 하지만 무엇을 어떻게 하면서 바쁘게 살았는지에 대한 물음표를 간직한 채, 가을의 끝자락에 와 있다.

푸르른 가을 하늘은 정말 높고 눈부시다. 이런 날은 간편하고 자유로운 복장으로 나들이 가고 싶다. 어렸을 적에는 느껴 보지 못한 가을 하늘이다. 공원 주변에는 코스모스, 무궁화, 백일홍 등 가을에 피는 꽃들

금강산 (한국화, 170x250mm)

이 눈에 띄고 국화도 피기 시작하였다. 산기슭에 단풍이 들기 시작하면서, 가을 하늘이 깊어 가고 있다.

겨울

떠오르는 햇귀처럼

모정母情

필요악必要惡

오늘의 여정

머릿속의 지우개

사랑을 나누며

아들의 삶과 희망

떠오르는 햇귀처럼

전망이 트인 곳에서 보이는 하늘과 땅과의 경계. 한없이 펼쳐진 끝자락에 서 희망을 찾는다. 좋아하는 사람과의 만남, 즐거운 나의 집, 그리고 유유히 떠나는 기차를 바라보며 마음을 채워 나간다. 도시에서 벗어나 바다로 향하는 여행길에서 만난 지평선은 더욱 평화롭다. 그 너머에 보이는 바닷길은 자연의 위엄을 뽐내듯 엄숙한 자태를 드러내고 있다. 농사를 지어 본 경험은 없지만 흙에서 살아 보고 싶은 마음으로 지평선 너머의 자유를 동경하며 자주 찾아오는 속초가 눈앞에 보인다.

강원도 동해안 북부에 위치한 속초시에는 설악산 국립공원이 있고, 동해에 청초호와 영랑호가 있어, 자주 찾아가는 여행지다. 영랑호는 화랑의 충혼이 깃든 호수로서, 신라의 화랑인 영랑이 발견했다는 기록이 있어 이름 붙은 자연 호수로 그 길이가 $8km$에 이른다. 속초팔경 중 하나인 범바위가 있어 관광 명소로도 꼽히며 철새 도래지로도 알려져 있다. 호랑이가 앉아 있는 형상의 범바위 외에도, 이곳에서 수도를 하던 도사

앞에 관음보살이 나타나 득도를 도왔다 해서 이름 붙은 관음암을 비롯해 여러 개의 바위들이 호숫가에 서 있다. 호숫가를 따라 산책로가 잘 만들어져 있고, 겨울이면 천연기념물 제201호인 고니 떼의 군무로 장관을 이루고 있어 속초를 여행하는 관광객들이 한 번쯤은 들르게 되는 곳이다. 영랑호와 함께 속초의 상징이라 할 수 있는 청초호 끝에 있는 마을 청호동은, 1·4후퇴 때 국군을 따라 피난 내려온 사람들이 고향과 가까운 속초에 터를 잡기 시작했고, 그중에서도 함경도에서 내려온 나이 든 사람들이 청초호 끝에 모여 살아 아바이 마을로 불리고 있다. 현재 실향민 1세대들은 거의 돌아가시고 2세대들이 마을을 꾸려 가고 있는 곳으로, 오징어로 만든 아바이 순대가 이 지역의 별미로 꼽힌다.

일상의 고단함에서 벗어나 숨겨진 나를 알아 가는 과정에서 만난 동해 속초해수욕장에서의 정월초하루 해돋이는 장관壯觀이다. 속초 앞바다의 파도치는 기세가 장관이지만 어둠이 깔린 새벽부터 많은 사람들이 해 뜨는 모습을 보기 위해 추위 속에서 발을 동동 구르며 서성거리는 모습들이 장대한 광경을 이루고 있었다. 그곳 모래밭에서 한 해의 희망을 붙잡기 위해 각자의 소망을 가지고 떠오르는 태양을 기다리는 사람들. 얼어붙은 모래 위에서 매서운 바다 바람을 맞으면서도 희망을 기원하며 한 시간 반 정도 기다렸을 때, 힘찬 햇귀가 솟아오르는 순간을 기다리고 있던 사람들이 모두 한곳을 바라보며 외치는 '와~' 소리와 함께, 바닷물에 퉁퉁 불거진 붉은 태양이 떠올랐다. 저 멀리 수평선에 나타난 태양을 향해, 저마다 한 해의 소망—건강과 사랑, 행복, 그리고 성공—을 기원하는 마음의 기도를 담아 보내는 무리 속에 우리들도 있었다.

떠오르는 햇귀처럼, 우리의 마음도 기쁨과 희망으로 가득 메워져 가고 있다. 태양이 떠오르는 아침에 시작되는 일상에서의 '태양' 그 자체는 우리 마음에 매우 소중하거나 희망을 주는 존재다. 바라고 원하는 일, 어떤 일이 이루어지기를 기다리는 간절한 마음, 앞일에 대하여 어떤 기대를 가지고 바라는 마음, 몸과 마음을 바쳐 있는 힘을 다하는 정성, 실현하고 싶은 희망이나 이상理想, 생활에서 충분한 만족과 기쁨을 느끼어 흐뭇한 마음, 남을 돕고 이해하려는 마음, 어떤 사실이나 사람을 믿는 마음, 어떤 일에 열렬한 애정을 가지고 열중하는 마음, 어떤 어려운 일이라도 해내려는 굳센 기상이나 정신 등등. 각자의 일상에서 깨달은 생각들을 최선을 다해 뽑아 내어, 떠오르는 태양을 향해 기원하는 모습으로, 모든 사람의 정신이 한곳에 온통 쏠려 스스로를 잊고 있는 경지境地에 이른다. 나의 몸과 마음도 흥분되어 떠오르는 햇귀를 바라볼 뿐이다.

　며칠 전에는 한 해를 갈무리하기 위해, 우리에게 편안한 휴식을 예고하며 서서히 시야에서 멀어져 가는 서쪽 하늘의 태양을 바라보기도 하였다. 일상생활의 반복을 뒷전으로 하고 서쪽 하늘의 태양을 지켜본 지난날들을 기억해 본 그날, 섣달 그믐날의 해넘이落照다. 지평선을 붉게 물들인 태양은 수줍은 듯, 조용히 지평선 밑으로 가라앉으며 자취를 숨기는 모습이 눈에 선하다. 소원보다는 '한 해를 무사히 보내게 해주셔서 감사합니다'라는 고마움이 가득했던 해넘이 구경. 우리가 살고 있는 하루하루가 지평선에서 떠올라서 다른 지평선으로 넘어가는 태양의 길처럼, '돋아났다', '사라졌다'를 반복하고 있음을 깨닫게 한다. 그리하여

'영원한 행복도 영원한 불행도 없다'는 누군가의 말처럼, 오늘의 주어진 삶이란 지평선에 최선을 다해, 희망의 내일을 기약하며 오늘을 살고, 오늘을 살게 해준 어제에 대해 감사하면서 살아간다. 가끔은 괴롭고 슬프더라도 끝없이 펼쳐지는 삶의 지평선에, 내일의 태양 주변에 떠오르는 햇귀처럼 희망의 메시지를 기대하며 오늘도 이웃과 함께 따뜻한 정을 나누려고 노력한다.

설악산 울산바위 (한국화, 170x250mm)

모정 母情

자식에 대한 어머니의 정. 어느 것과도 비교할 수 없을 만큼 강렬하게 샘솟는 모정. 아무리 못된 자식이라도 모정은 어쩔 수 없이 모든 것을 용서한다. 모정 母情 앞에서는 모든 사람들이 고요하고 엄숙해진다. 엄마의 존재감은 우주의 힘이다. 꽃이 피고 지고 세월이 흘러 이마엔 훈장이 늘어나고 섬섬옥수 백옥 같은 손가락은 거북등가죽처럼 변해 버려도 어미의 사랑은 그칠 줄 모른다. 날이 갈수록 해가 갈수록 커져만 가는 사랑을 누구도 말릴 수 없음을 깨닫는 순간, 엄마의 엄마는 멀리 있었다.

엄마의 존재를 알지 못한 채 지낸 세월이, 아이를 낳고 키우면서 항상 그 자리에 머물러서 포근히 감싸 주는 따뜻한 존재임을 깨닫는다. 아이를 낳고 키워 보게 되면서 느끼는 엄마에 대한 고마움과 그리움은 해가 갈수록 거듭된다. 세월이 거듭되면서, 자신이 할 수 있는 일이라도 다른 사람에게 도움을 청하며 스스로 나약함을 보이는 경우가 종종 있다. 그러나 엄마는 다르다. 아이들을 위해 자신을 양보하고 희생하는 엄마는 강하다. 오래 지속된 강한 모성의 힘이 사회를 이루는 원동력이 되고 있다. 모성은 대부분의 여성들에게 동일시된 사회적 역할로 매우 높이 평가되고 있다. 그리고 아이에 대한 친밀한 관계와 개인적 기쁨이 결합되어, '모성애'라는 긍정적인 경험을 한다. 자식에 대한 엄마의 본능적 사랑은 자식의 미움조차도 용서하고 배려한다. 엄마는 자신의 아이를 통하여 사는 것이고, 그 아이의 성장을 통해 기쁨을 느끼고, 성장한 아이는 엄마로부터 생활의 지혜를 배워 나간다.

지난날, 엄마의 엄마가 나에게 준 모든 것을 생각하며 떠오르는 글들을 이어 본다.

얼마나 기나긴 세월이었던가,

내가 어른이 되기를 기다리며

아픔과 기쁨을 함께한 모정의 결실들.

그리고 너그러운 어미의 정情을 받으며

어려움 없이 순탄하게 자라온 길.

한없이 너그러운 어미의 품속에서

편안한 날들을 보내며,

마음에 들지 않는다 하여

불평하고 못마땅해하며

낳아 준 어미를 원망하던 그날들.

세월이 흘러 아픔을 살포시 감싸며
포근한 품으로 안아 주던 모정母情.
어떠한 이기심도 자부심도 없이
언제나 용서와 이해로 자식의 만족을
채워 주시던 그때 그 모습들.

이제와 생각하니,
거룩하고 성스러운 모정 그 자체였던 것을.
얼마나 철없던 시절이었던가,
모든 것이 원하면 다 되리라고 믿고
천하 만물이 내 것인 양 떠들던 그 시절들.

그런 소용돌이 속에서도
따뜻한 품으로 용서해 주며 지켜봐 주던 모정,
그분의 은덕을 어디에 비할 수 있을까.
이젠 성숙한 자식의 철없는 짓을 보며
흘러온 나날을 부끄러워한다.

영원한 독불장군처럼 자유롭게 행동하던 모습들이
어느덧 정情이란 것에 얽매어
자기 사슬을 메고 있지 아니한가.

제2의 도약을 위해 성숙한 자유인으로,

추억에 머물고 있는 그분의 손길에서

자식을 보듬어 주는 지혜를 배운다.

아기로 태어나 어른이 되어 결혼하고, 아이를 낳고 그 아이가 장성해 가는 걸 바라보면서, 흘러가 버린 세월을 그리워하며 엄마의 엄마를 생각한다. 어느덧 세월은 날 붙잡고 황혼의 문턱으로 데려와, 엄마를 그리워한다.

엄마의 모습, 꾸지람보다는 너그러운 용서와 이해로 감싸 주며, 오로지 자식을 위해 일하는 엄마가 다정다감한 모습으로 다가온다. 모진 말도 못하고 항상 조용하게 지낸 엄마가 차라리 나를 때리고 야단쳐 주기를 바라기도 했던 어느 날, 엄마는 채찍대신에 나의 등을 두드리며 보듬어 주셨다. 그러한 엄마의 너그러움과 기다림으로, 나는 스스로 바른 아이로 커가는 지혜를 터득할 수 있었다. 자식에 대한 섭섭함보다는 자식의 앞날을 위해 기도해 준 엄마의 엄마다. 그리고 내가 그러한 엄마의 모습을 그대로 닮아 가고 있다. 나를 서운하게 하는 자식의 말 한마디가 섭섭할 때는, 내가 엄마에게 섭섭하게 한 행동들을 떠올리며 반성한다. 그리고 엄마의 엄마가 손을 모아 기도하듯이, 내 아이가 바른 심성을 가진 사람으로 자라게 해달라고 또는 주위 친구의 어려움을 돕고 배려하는 사람이 되게 해달라고, 자기의 이익보다는 사회에 보탬이 되는 사람이 되게 해달라고, 그리고 너그러운 사람으로 살아가게 해달라고 기원한다. 그러나 철없었던 젊은 시절에 나 또한 엄마의 마음을 슬프게

하였지만, 거듭되는 세월의 문턱에서 지난날의 모정을 느끼며 고마워
한다. 이것이 엄마의 마음이다.

석류 (수채색연필, 190x250mm)

필요악 必要惡

　'된 사람'은 인격이 높은 사람, '난 사람'은 목적을 위해 수단과 방법을 안 가리는 사람, '든 사람'은 지식이 많은 사람 또는 자기가 맡은 일을 잘하는 사람이라고 말한다. 부모는 자녀가 '된 사람', '난 사람', '든 사람'으로 자라기를 바라며 최선을 다한다. 그럼에도 불구하고 우리는 사회적인 상황에서 어쩔 수 없이 요구되는 필요악必要惡 때문에 사회에서 용인할 수밖에 없는 악惡을 지니고 산다.

　오늘을 사는 우리들은 '된 사람', '난 사람', '든 사람'으로 성장하기 위해 드라마 같은 인생 속에서 웃고 울고 분노하는 마음으로 각자의 선善과 악惡을 만들어 간다. 선과 악을 어떻게 바라보는가에 대해서는 사람마다의 편차는 있으나 그것들이 함께 존재하고 있다는 것에 공감하고 있다. 그리고 각자가 만들어 가는 인생극장에서 주인공이 되어, 다른 사람들의 감정을 흔들고 있다. 그것이 자기 자신에게는 관대한 잘못된 행동 습관으로, 비록 작은 것이라도 오랜 기간에 거쳐 형성되어 자기 성격의 일부가 되고, 가만히 앉아서 자기 자신의 행동을 돌아보는 여유를 가지지 못한 채, 편견의 노예가 되고 있기도 한다. 그러나 이러한 편견에서 헤어 나오는데, 필요한 악惡은 오히려 약이 된다. 오늘도 나의 과오를 스스로 인정하고, 과오를 범한 뒤에 되도록 바르게, 되도록 쉽게 다시 일어나 원래의 모습으로 되돌아보는 용기를 가지고 주변을 살펴본다. 그리고 오늘도 나의 악역惡役이 되어 준 그 누군가에게 고마움을 전한다.

 사람과 사람의 만남이나 사람과 크고 작은 사건들과의 만남에서, 문제가 생기는 것은 자연스러운 일이며, 이러한 문제들이 얽혀져 관계를 만들어 가고 있다. 부모와 자녀관계도 마찬가지로, 여러 가지 문제가 발생하고 갈등이 있기 마련이다. 초등학교 입학 전 아이들은 부모로부터 거짓말하면 나쁜 사람이라는 이야기를 듣고 자라서 솔직한 표현을 잘한다. 그러다가 초등학교 입학하여 친구들과 놀이를 하면서 나쁜 말을 배우고, 때로는 자기가 불리할 때에 선의의 거짓말도 한다. 그리고 차츰 성장하면서, 선한 행동과 악한 행동에 대해 알게 되고 판단하는 지혜를 배운다. 부모와 자녀, 그들이 생각하는 선善과 악惡은 어떨까. 부모가 자녀에게 부담을 주고 자녀의 자유를 억압한다면 악惡으로 생각할 수도 있지만, 성장과정에서의 질서와 아이의 미래를 위해서 필요하다고 본다면 부모 입장에서는 선善이라고 말할 수 있다. 즉, 필요악必要惡이다. 그렇게 생각하면, 선과 악은 공존의 관계이다. 주위 사람으로부터 '장하다', '훌륭해', '존경한다' 등 칭찬의 말로 위로받는다면, 주변에 악역을 담당하는 누군가가 있기 때문이 아닐까. 나를 힘들게 하는 누군가가 폭군이나 악처로 등장함으로써 나에게 인내의 미덕을 암묵적으로 가르쳐 오늘에 이르게 된 것이 아닐까. '악처惡妻'라는 단어를 영어사전에서 찾아보면 '크산티페Xanthippe'라고 나와 있다. 크산티페는 다름 아닌 그리스의 철학자 소크라테스 부인의 이름이다. 2,500여 년 전의 사람이지만 소크라테스의 부인이 얼마나 악처였기에 이렇게 좋지 못한 뜻의 '일반명사'로 자리 잡아 버렸을까? 소크라테스는 경제적으로 무능했고 또한 굉장한 공처가로 알려져 있다. 소크라테스는 결혼에 대해 고민하는 사람을 향해, "부디 결혼하시라. 좋은 아내를 갖게 되면 행복해질 수 있고 나쁜 아내를 갖게 되면 나처럼 철학자가 될 수 있다", "결혼을 하건 하지 않건, 어차피 후회하게 된다"라는 말을 남겼다. 또한 주위 사람이 '그토록 지독한 아내라면 헤어지면 좋지 않은가'라고 말하자, '이 사람과 잘 해나갈 수 있다면 어느 누구와도 잘 해나갈 수 있기 때문이다'라고 답했다고 한다.

악惡은 어떻게 규정하느냐에 따라 대답이 달라지는 문제다. 악을 이야기할 때, 철학에서는 흔히 '선의 부재나 결핍'으로 이야기한다. 그렇다면 선善은 무엇인가. '선'이 '좋은 것'을 이야기한다고 했을 때, 그 '좋은 것'은 무엇을 의미하는가. 흔히 보편적으로 생각하는 악惡은 '고통, 손해'를 생각하고, '매질', '벌'은 고통과 연관이 되어 있다. 그런데, 필요악이라고 한다면, '악'을 당하는 사람으로 하여금 '선'으로 결과가 이끌어지도록 한다는 뜻이다. 선과 악은 상징적으로 인간이 추구해야 할 것과 피해야 할 관습이나 윤리이며, 이러한 선과 악은 종교, 철학이나 정치, 인류학, 사회학 그리고 심리학 등의 여러 분야에서 인간을 이해하고 규정짓는 데 유용한 도구이자 그 자체로 목적이 되기도 하는 개

172

금강산 만물상 (한국화, 170x250mm)

넘이다.

그러면, 우리에게 선이란 무엇이고, 악이란 무엇일까. 성선과 성악을 이야기할 때 기저에 깔린 '본능'이란 선하다고 봐야 하는가, 악하다고 봐야 하는가. 어린아이가 자신의 본능에 충실하여 먹고, 자고, 싸고, 우는 것은 이성적인 판단이 아닌 동물적 본능이므로 악하다고 봐야 하는가? 아니면, 거짓 없이 순수한 자신의 욕망을 드러내었으므로 선한 것이라 봐야 하는가. 너도, 나도, 우리도, 모두 본능을 가지고 있다. 가족이라는 틀 속에서, 우리는 서로에게 피해가 가지 않는 한도 내에서 서로의 자유를 보장받으며, 그 안에서 선과 악이 함께 존재하는 가운데 적당히 숨기고 적당히 표출하며 살아간다. 그러면, 흔히 가족 간에서 볼 수 있는 잔소리와 대화의 차이, 특별히 엄마(또는 아빠)의 잔소리는 필요악이라고 하는데 공감하는지? 특히 엄마가 하는 잔소리에는 '내가 원하는 것을 네가 좀 해라~'는 부정적인 의미가 함축되어 있다고 본다. 엄마의 사랑과 관심이 잔소리로 표현된다고 봐야 하는데 어디까지가 잔소리이고 어디까지가 대화인지 살펴볼 필요는 있다. 잔소리와 대화의 차이점은 내 마음이 편안하면 대화, 내 마음이 불편하면 잔소리이고, 마음을 열면 대화, 마음이 닫히면 잔소리다. 또한 성급히 결과를 얻으려 하면 잔소리이고, 과정을 듣고자 하면 대화이다. 그러나 오늘도 아이들은 엄마의 잔소리를 들으며 성숙해지고 있다. 너희들도 마찬가지다.

아침의 싱그러움이 나의 마음속에 스며드는 순간, 희망찬 오늘의 향기를 맡을 수 있다. 어제의 고난을 잊고 앞날을 다짐해 보는 순간이다. 굳건한 믿음으로 앞날을 설계하는 순간, 풍성한 결과를 기대해 보는 착각을 가지기도 한다. 착각과 진실, 어느 것이 우선이든 간에, 아침의 시작은 미묘한 미소를 갖는 순간이기도 하다.

아침에 일어나 거울을 보며 웃는다. '역시, 나는 잘났어.' 이런 걸 보면 정말 사람들 각자의 눈에는 콩깍지라는 것이 있나 보다. 그래도 좋다. 긍정적인 착각은 '나는 잘할 수 있을 것 같다'는 무한한 자신감을 준다. 긍정적인 착각! 어쩌면 부정적인 생각을 밀어 버리고, 밝은 마음으로 시작하는 오늘 아침, 내가 보는 세상은 아직 밝은 것이다. 이것이 실제와 다른 착각일지라도 스스로 만족하며, 숲속 산책길을 따라 오늘의 여정을 시작한다.

친구와 함께 찾아간 강원도 정선 아우라지는 여전히 두 갈래 물줄기가 모여 하나의 물줄기로 흐르고 있다. 예부터 강과 산이 수려하고 평창군 도암면에서 발원되어 흐르고 있는 송천과 삼척군 하장면에서 발원하여 흐르고 있는 골지천이 합류되어 "어우러진다" 하여 아우라지라고 알려지고 있다. 또한, 이곳은 남한강 천리길 물길 따라 목재를 운반하던 유명한 뗏목 시발 지점으로 각지에서 모여든 뗏목꾼들의 아라리 소리가 끊이지 않던 곳이다. 특히, 뗏목과 행상을 위하여 객지로 떠난 사람을 기다리는 마음과 장마로 인하여 강물을 사이에 두고 사랑을 이루지 못하는 애절한 남녀의 한스러운 마음을 적어 읊은 것이 지금의 정선아리랑으로, 강 건너에 아우라지비와 처녀상과 정자(여송정)를 건립하여 정선아리랑의 발상지임을 전하고 있다. 조약돌과 자갈이 많은 아우라지 주변을 걸으며 여러 가지 모양을 하고 있는 돌덩어리를 보며 이곳을 다녀간 수많은 사람들의 흔적을 찾아본다.

숙박 집에서 들려오는 정선아리랑 "아우라지 뱃사공아 배 좀 건네주게, 싸리골 올동박이 다 떨어진다. 떨어진 동박은 낙엽에나 쌓이지, 사시장철 임 그리워서 나는 못 살겠네, 물결은 출러덩 뱃머리는 울러덩, 그대 당신은 어데로 갈라고 이 배에 올랐나, 앞 남산의 청송아리가 변하이면 변했지, 우리 둘이 들었던 정이야 변할 리 있나, 아리랑 아리랑 아라리요, 아리랑 고개 고개로 나를 넘겨주게"를 들으며 우리들은 한마음이 되어 간다. 정선 아우라지 '옥선장'이라고 하는 여관에 묵으며, '돌과의 이야기'라고 하는 수석전시장에서 돌사랑 이야기를 들으며 늦은 시간까지 밤을 지새웠다. 다음 날에는 아우라지 자갈밭에서 여러 가지 모양의 조약돌을 주우면서 자연의 힘을 다시 한 번 느껴 보았다. 무거운

들국화 (한국화, 350x460mm)

몸을 일으켜 세상 밖으로 향한 우리들의 마음이 한결 가벼워졌다. 현명한 사람은 여행을 즐긴다는 지인의 말대로 바삐 움직이다 보니까, 점점 몸과 마음이 가벼워졌다.

누군가 "삶이란 자기 정체를 찾는 기나긴 여정"이라고, 또는 "혼자 뛰어야 하는 마라톤"이라고 말하지 않았던가. 자신의 개인적인 삶 안에서 끊임없이 추구하는 관심 대상, 하지만 다가갈수록 더 알 수 없는 존재, 그중에서도 가장 힘든 것이 바로 남이 아닌 자기 자신을 완전히 이해한다는 것 아닐까. 모든 사람에게 있어 자기 자신은 결국 영원한 신비이다.

마음속에 작은 소망을 일구어 '나도 할 수 있다'고 자성예언自省豫言으로 번잡해진 마음을 어루만져 본다. "뜻이 있는 자에게 길이 있다"는 말이 있듯이, 살아가는 세월에 의미를 부여하고, 오늘의 여정도 나에게 주어진 기회로 여겨, 자연과 속삭이는 여유로움에 고마움을 전한다.

어느 날, 보건소에서 배달된 우편엽서 '치매 조기진단 검사 실시'는 충격적이었다. 내가 어느덧 노인 집단에 속해 있음에 놀랐다. 엽서를 보는 순간, 나의 뇌리를 스쳐가는 생각들(느릿느릿한 행동, 갈피 없는 말, 일상생활에서의 장애, 성격 및 감정의 변화, 기억 능력의 감퇴 등)이 내 마음을 흔든다. 두려운 마음으로 백과사전을 검색해 본다. "치매는 정상적이던 지능이 대뇌의 질환 때문에 저하된 것을 말한다. 치매의 전형적인 것은 대뇌신경세포의 광범위한 손상이며 기질器質치매라고 한다. 기억 및 이해의 장애, 계산능력의 저하, 사고의 빈곤화, 일정한 언동을 실현하는 충동이 존속하여 같은 언동을 되풀이하는 경향 등을 볼 수 있다. 다시 감정적인 장애를 수반하며 정동情動의 불안정이나 제어가 곤란하게 되는 정동실금情動失禁 등도 볼 수 있고 성숙한 정성情性도 침해되는 것이 보통이다. 당연히 심적인 시야도 좁아지고, 치매가 심해지면 동물적 생활에 빠지는 일도 있다...등등." 그리고 최근 기억력이 감퇴되고 있는 내 자신을 돌아본다.

나이 들어가면서 좋은 기억보다는 과거에 대한 반성과 후회들이 머릿속을 괴롭히는 경우가 종종 있다. 건강하게 살기 위해 좋은 생각을 많이 하라고 하지만, 갱년기를 지나 우울해지는 마음은 어쩔 수 없다. 이러한 마음을 극복하기 위해, 여행도 다니고 책도 읽고 복지관에 봉사도 하면서 머릿속의 생각을 바꾸려고 노력한다. 좋지 않은 기억들을 하나하나 지우개로 지우는 습관들, 친구와 말다툼한 일, 나의 행복을 위해 다른 사람을 괴롭혔던 기억, 속상한 마음을 달래지 못하고 아이들에게 한 모진 말들, 일에 대한 도전보다는 핑계를 일삼았던 게으른 일상들, 뚜렷하게 나타나지 않아도 마음이 찝찝한 추억들, 이런 것들을 머릿속에서 지우고, 밝은 기억을 만들기 위해 오늘도 움직인다. 그러다가 문득 하얀 종이처럼 '멍~' 해지는 순간, 좋은 추억들도 함께 지워져, 바보가 되는 것 같다. 아무런 생각이 안 난다. 아들에게 하고 싶은 말들은 많은데, 이대로 끝나는가. 나에게 가장 영향을 주었던 엄마의 엄마도 아무런 이야기도 없이 그냥 방긋 웃기만 하고, 집 안에서만 맴돌다가 어눌한 말을 하고, 친구 만나는 것을 꺼려하면서 바보가 되어, 하늘나라로 가지 않았는가. 지금 생각해 보니, 엄마의 엄마가 우울증이었던 같다. 우울증으로 괴로워하는 사람들의 특징 중의 하나는 자신들이 무가치하고 쓸모없는 무용지물이라고 느끼는 것이다. 또한, 자기 자신들에 대해서 말하거나 자기의 생각들을 주장하고 자신의 이익을 위해 행동하기를 주저하고 불안해한다. 이들에게 나타나는 무력감, 자신감의 부족 등이 보다 심각한 형태의 '우울증'을 발생시키고 있다는 연관성을 부인할 수 없는 상황이다. 그리하여 나는 엄마의 엄마와 다르게 아이들과 이별하는 삶을 선택할 것이며, 삶이 끝나는 날까지 좋아하는 일을 하며 좋은 기억들을 만들어 갈 것이다. 그리고 머릿속의 지우개로 기억들이 지워지지 않도록 생각을 정리하기로 다짐해 본다. 건망증이 심해서 항상 메모를 하고, 편의점에서도 지갑을 여러 번 만지작거리고, 외출할 때는 가스와 수도, 전기 등이 모두 안전한지를 확인하려고 문밖을 나갔다가도 다시 집 안으로 들어와 점검하는 것이 습관이 되었다. 내 머릿속에도 지우개가 있나 보다.

　나이 들어가면서 기억력이 감퇴되어 바보(치매?)가 된다는 것은 정말 무섭다. 머릿속의 기억들을 지우개로 지우다 보면 나도 그렇게 될까봐 걱정이 된다. 그래서 오늘도 좋은 기억을 만들기 위해 밖으로 나가 사람들을 만나 즐거움을 찾아 긍정적인 마음을 가지려고 노력한다. 그리고 뇌의 문제에서 비롯된 질환을 예방하거나 개선하는 방법에 대해 관심을 가져 본다. 치매와 알츠하이머Alzheimer의 질환 발병의 원인에 대해 명쾌한 해답이 없는 현 상황이지만, 유전적이고 노화에 의한 것을 제외하더라도, 혈관성 문제로 나타나는 치매는 그 방법이 운동에서도 찾을 수 있다는 연구들에 대한 이야기를 듣고 걷기운동을 열심히 한다. 근처 냇가를 걸으면서 자연의 냄새를 맡고 물가에서 노닐고 있는 오리 가족도 구경하고, 손가락도 폈다 구부리는 행동을 여러 번 반복하고, 신체적인 운동으로 체력을 향상시키고 생활의 활력을 높이는 일상을 거듭한다. 운동과 스포츠 활동은 치매환자에게 전형적으로 나타날 수 있는 기억력 저하를 예방할 수 있다고 하여, 가능한 조용한 산책길을 매일 걷는다. 누가 해주기를 기대하기보다는 내가 일을 찾아서 하고, 오라는 데는 없어도 보고 싶고 가고 싶은 곳은 스스로 찾아서 가니, 아직도 가야 할 데도 많고 해야 할 일도 많은 것 같다. 수동적인 삶에서 능동적인 삶으로의 선택, 그러한 일들이 나의 일상이 되고 있다.

동백꽃 (수채색연필, 190x250mm)

사랑을 나누며

내가 살아온 삶을 되돌아보면, 사랑은 소유이다. 질투가 있고 시기함이 있는 곳에 잔인함과 미움은 자라난다. 미움도 시기함도 야심도 없을 때에만 사랑은 존재하고 꽃피어 날 수 있다. 사랑이 없다면 삶은 메마르고 건조하며 딱딱하고 거친 땅과도 같게 된다. 그러나 애정이 들어서는 순간, 삶은 물과 비로 인해 아름다움이 피어나는 땅으로 변한다. 아주 어렸을 때부터 이 모든 것을 배운다. 사랑은 무엇인가. 사랑하는 사람에게 선물을 해주고 싶을 때, 무엇을 먼저 생각할까. 사랑하는 사람이 누군가냐에 따라 다소 차이는 있지만 대체로 '그에게 필요한 것이 무엇인가' 또는 '어떤 것을 받으면 기뻐할까'를 생각하게 된다. 사랑이란 '누군가에게 필요한 것을 해주는 것'이 아닐까.

행복에 풍덩 빠져 살기도 바쁜 시간이 많이 흘러, 어떤 한 사람에게만 맞추어 줄 수 없는 사랑이 가족이다. 함께한다는 것은 자신의 향기를 지키면서 다른 사람의 향기도 존중하는 것이 아닐까 싶다. 서로 존중하고 아끼고 조금씩 깊어 가기도 하는 가족사랑, 세상을 잘 몰랐던 어린 시절부터 마음을 나누며 고마워하면서 서로에 대해 많은 것을 알아 온 우리들, 이제는 사랑을 나누며 서로를 보듬는 지혜로 살아가고 있다. 남모르게 상처받고 어려울 때는 서로에게 힘이 되어 주고, 슬픈 일이 있을 때는 함께 눈시울을 적시고, 작은 실천으로 고마움을 전하는 우리들이 서로 사랑을 나누고 있다.

여자들이 사랑을 느낄 때는 아주 작은 실천에서 시작된다. 전화를 걸어 아무 말 없이 내가 평소에 좋아하는 음악을 들려주었을 때, 내 이름을 연달아서 몇 번이고 부를 때, 뭔가를 깨거나 엎질렀는데 오히려 그가 나에게 손수건을 건네며 다치지 않았냐고 물어볼 때, 눈빛으로만 보아도 내 마음을 알 때, 아무 말하지 않고 가만히 손잡아 줄 때, 침울해 있던 그가 나의 썰렁한 몇 마디에 환하게 웃어 보일 때, 길거리에서 만난 할머니를 친절하게 대할 때 등등. 이와 같이 사랑하고자 하는 욕구와 사랑받고자 하는 욕구, 또는 다른 사람들에게 가치 있는 존재이고자 하는 욕구들이 맞닿아 전달되는 순간에 우리들은 사랑을 느낀다. 그러나 위의 욕구를 충족시키는 능력에는 개인에 따라 현저한 차이가 있고, 자신의 심리적 욕구를 만족시킬 수 없는 경우에는 서로 갈등을 느끼기도 한다. 이러한 경우는 사랑을 주거나 받을 수 없으며, 자기가 자기 자신에게나 혹은 다른 사람에게 귀한 존재가 되고 있다는 감정을 느낄 수가 없는 경우가 종종 있다. 그리하여 나는 진심으로 아껴 주는 어떤 사람들이 주변에 있기를 희망한다. 이것이 가족이다. 고부관계도 그러하다. 무언가 멀어지고 서운한 감정이 드는 순간, 아무 생각 없이 손자 보러 집을 방문하여 세상 이야기를 나누거나 전화로 안부를 물으면 서운한 감정이 조금은 없어진다. 만남을 통해, 우리는 누군가에게 따뜻한 배려를 보내 주고 서로의 욕구를 충족시키는 데 큰 힘을 주어, 공통의 가치를 주고받고 있음을 느낀다.

다른 사람들과 의미 있는 관계를 맺는 집단이 가족이고, 정서적 유대감을 가지고 관심을 주고받고, 옆에 있어 주는 사람들이 가족이다. 가족의 사랑은 서로 주고받는 과정에서, 자신과 다른 사람들에게 가치를 느낄 수 있는 방식으로 행동하게 하는 원동력이 된다. 때로는 심사숙고할 것을 요구하고 때로는 고통스러운 결정을 요구한다. 그러므로 진정한 사랑은 감정적이기보다는 오히려 의지적인 것이다. 이미 정해 놓은 계획표를 마음에 두고 들으면서, '어떻게 우리가 원하는 것을 성취할 것인지', '어떻게 이야기를 될 수 있는 대로 빨리 끝마칠 것인가'를 염려하거나, 혹은 '어떤 방법으로 이야기가 우리에게 더 만족스럽게 이끌어지도록 할 것인가'를 염려하면서 선택적으로 듣고 있는 것일지도 모른다. 선택적으로 듣고 있을 지라도, 들어주는 일은 사랑을 행동으로 실천하는 과정이다. 이러한 실천은 자기 자신을 확대시키는 과정이기도 하고, 게으름의 타성에서 뛰쳐나오는 노력이거나 두려움으로부터 위협받는 것에 대해 대항하는 용기이기도 하다. 이러한 용기는 가족과의 소통에서 배운다.

가족의 사랑과 보살핌을 받으며, 너희들은 걸음마를 배우고 그림동화를 읽고 또래 친구와 어울리면서 사회에 적응하는 아이로 성장하고, 초등학교에 입학하여 홀로서기를 배우기 시작하였다. 항상 엄마를 찾

사랑을 나누며 (한국화, 170x250mm)

아 문제를 해결했던 너희들이, 초등학교 고학년부터는 엄마보다 또래 친구들과 친밀하게 지내고, 이성 친구에게 눈을 돌리는 중고등학고 학창시절을 경험하고, 자신의 욕구를 충족하려는 의지로 미래를 위해 노력하던 젊은 시절을 거쳐 성인이 되었다. 성인으로서 독립선언을 하고, 스스로 추진하고 있는 일에 대해 묻기 시작하는 사회인으로 성장하여, 생활경제에 뛰어들어 현실세계의 한계를 체험하면서 살아온 세월들이 젊은 시절이다. 그리고 사회적 책임감을 가지고 자신의 운명을 수용하고 사회활동이나 친구에 대한 욕구와 공감을 필요로 하는 중년의 세월을 경험한 후, 인생경험에서 우러나오는 지혜로 모든 사물에 대해 관용적이면서 인생의 의미를 새롭게 찾는 육십이 넘어서야 이웃과 사랑을 나누는 여유를 가진다. 주변 친구와 문화공연도 즐기고 복지관 어르신들의 모습에서 세월의 흐름을 엿보면서, 사랑을 나누는 시간의 소중함을 느끼며 주변을 되돌아본다.

어린 시절 새근새근 잠자던 아기가 눈꺼풀을 열고 엄마를 찾는다. 엄마가 보이지 않으면 이리저리 방구석을 기어다니며 주변을 두리번거리던 너희들. 초등학교 들어가서는 집에 돌아와 엄마가 없으면 여기저기 전화를 해서 엄마를 찾았던 너희들이, 어른이 되어 자기의 생활을 꾸미며 살아가고 있다는 것 자체가 흐뭇하다. 너희들이 사사건건事事件件 티격태격하면서 말다툼하던 어린 시절, 엄마는 '아이들은 싸우면서 자란다'는 진리를 깨닫게 되었고, 좌충우돌하는 생활 속에서 엄마를 보호하려는 너희들의 마음을 엿볼 수 있었다. 너희들의 사랑과 애정, 그리고 삶 속에서 묻어나는 행동들이 자연스럽게 다가와 엄마의 일상에 녹아든다.

너희들이 아들을 낳아 품에 안고 바쁜 여정을 보내고 있는 지금, 엄마는 너희들에게 무엇을 주었는가를 곰곰이 생각해 본다. 직장생활을 한다는 핑계로 매일매일 맛있는 음식을 만들어 주지 못하고, 남들처럼 유학도 보내지 못하고, 진학할 때 너희들이 원하는 것이 무엇인지를 알지 못한 엄마의 모습이 부끄럽다. 중고등학교시절에는 부모의 기대와 자기 생각과의 차이로 홀로 고민도 하였던 너희들, 대학에 진학하거나 사회생활로 접어들어 다른 사람과의 갈등을 스스로 헤쳐 나가는 모습들이 시간 흐름에 그대로 맡겨져 오늘에 이르렀다. 보다 따뜻한 엄마로 너희들의 성장을 지혜롭게 지켜 주지 못하였음에도 불구하고 건강하고 씩씩하게 자라 준 너희들이 고맙다.

갓 태어난 너희들은 다리는 구부리고 있고 울긋불긋한 얼굴에 통통한 젖살, 짧은 팔다리에 큰 머리의 4등신, 주먹은 꼭 쥐고, 방바닥에 엎어 놓으면 팔과 다리를 구부린 채 개구리 같은 자세를 보였다. 하루 종일 먹고 자는 일밖에 하지 않은 그 시절, 손바닥을 만지면 주먹을 더욱 세게 쥐고 잠에 들면 주먹을 피고, 배가 약간 볼록하게 부풀어 있고 발바닥에 주름이 많았던 너희들이 건강한 아이로 자라 오늘에 이르렀단다. 거의 반응만 하는 존재에서, 손놀림과 발놀림으로 재롱을 피며 주변에 웃음을 주었던 너희들이다. 상상력이 풍부한 초등학교 시절, 친구를 만나서 놀고 슬기로운 생활에서 살아가는 지혜를 배우면서 귀엽고 순수하고 엉뚱한 표현으로 주변 사람과 소통하는 너희들이 자랑스러웠다.

초등학교를 마치고 중학교에 입학하면서 시작된 사춘기. 하루가 다르게 부쩍부쩍 키가 크고, 오동통하게 젖살 뽀얗던 얼굴이 부담스럽게 변모해 가면서 비밀 또한 많아진 듯했다. 어쩌다 말이라도 붙이면 변성기로 우렁우렁해진 목소리가 한두 마디 건너오는 정도, 사귀는 친구들도 다양해 보였다. 부모와 갈등을 느끼는 사춘기 시절, 말이 없었던 너희들이 '어떤 생각을 갖고 있는지' 궁금하여 묻고 싶었지만, 잔소리로 들릴까 봐 묵묵히 지켜보기를 여러 해. 내가 난 자식이라도 내 마음대로 못 하는 행동에 스스로 몸을 낮추며 기다렸단다. 몸이 자라는 것처럼 마음이 자라는 사춘기에는 감정이 조절이 안 돼서 힘든 시기(질풍노도의 시기), 부모와 말이 안 통하고 나만의 멋을 부리고 싶고 친구들과 놀러 다니는 것이 좋고, 때로는 우울한 생각도 하게 되는 사춘기는 누구나 겪는 통과의례이기에, 너희들이 잘못된 행동을 하지 않도록 지켜보는 것이 엄마의 최선이라고 생각했던 그 시절, 너희들이 잘 지냈던 것도 고마운 일이다.

자부심과 책임을 부여받는 성인이 되어, 사회인으로 활동하는 너희들 모습이 믿음직스러워 흐뭇했다. 홀로서기 경쟁사회에서 스스로 살아가는 방법을 고민하고 기대만큼 성공이 보이지 않아 실망도 하고, 만만치 않은 삶의 도전에서 스스로 행복을 찾아가는 너희들은 바로「헝거게임hunger game」의 주인공이다.「헝거게임」영화의 설정은 12개의 구역으로 이루어진 독재국가 '판엠'이 체재를 유지하기 위해 만든 생존 전쟁이라는 상상想像의 세계이지만, 영화가 주는 메시지는 다양하다. 영화 줄거리를 보면,「헝거게임」의 추첨식에서 '캣니스 애버딘'은 어린 여동생의 이름이 호명되자 동생을 대신해 참가를 자청하며 주목을 받는 주인공이 된다. 과거 자신을 위기에서 구해 줬던 '피타 멜락' 역시 선발되어, 미묘한 감정에 휩싸인 '캣니스 애버딘'은, 금지구역에서 함께 사냥을 했던 '게일 호손'에게 가족을 부탁하며 생존을 겨루게 될 판엠의 수도 '캐피톨'로 향한다. 그곳에서 24명의 도전자가 살아남기 위해 최선을 다한다. 다른 친구들이 싸우기 위해 무기를 선택하는 아귀다툼을 피해서, 주인공은 숲속으로 가 물통에 물을 채워 넣고 살아남으려고 노력한다. 여러 번의 위기를 넘으면서 이웃 친구의 도움을 받기도 하며 다른 사람의 마음이나 몸에 해(害)를 입히기보다는 함께 살아가는 방법을 터득해 가는 주인공이 돋보인다. 마치 너희들이 살아가는 모습을 엿보는 것 같아 좋았다.

너희들과 함께한 세월을 뒤돌아보며, 여러 가지 생각에 잠긴다. 노파심으로 필요 이상의 걱정과 염려하는 마음을 가지고 아들들을 지나치게 보호하고 단속하여 아들의 정신적 성장을 방해하지는 않았는지. 혹은 너무 무관심한 태도도 너희들에게 무력감을 느끼게 하지는 않았는지. 아들에게 독립심을 키워 주고, 도움 없이 홀로 설 수 있도록 살아가는 기술을 가르쳐야 하는 부모의 의무를 소홀히 하지는 않았는지. 아들 스스로 위험을 무릅쓰기도 하고, 때론 실수도 하면서 자란 너희들이 부모에 대해 섭섭해하지는 않았는지. 너희들이 엄마를 필요로 할 때, 자기 일에 도취되어 너희들의 곁을 지켜 주지 못한 경우는 없었는지 등. 너희들에 대한 여러 가지 생각이 스쳐간다. 부모의 행동이 무엇이든 간에 자녀에게는 어떤 메시지를 남기게 된다. 부모에게서 "네 의견은 아무 짝에도 쓸모가 없다"는 말을 직접적으로 들은 적이 없다고 하더라도, 부모가 계속해서 자녀의 말을 가로막고 조용히 하라고 야단친다면 자녀는 그런 부모의 행동이 자기 말은 늘 중요하지 않다는 것을 뜻한다고 해석할 수도 있어 갈등을 느끼기도 했다. 자식은 부모의 소유물이 아니라고들 하여 조심스럽게 행동하지만 가슴은 그 간단한 이치를 접수

하는 데 엄청난 시간과 대가를 지불해야 하므로, 못마땅한 행동에 자주 화를 내고 스스로 미안해하기도 하였다. 때때로 너희들의 행동에서 실망도 하였지만 마음을 추슬러 가슴으로 지켜보면서, 나보다 더 건강하고 아름다운 꽃이 되기를 기원해 온 세월들, 이것이 세상의 모든 부모 마음이 아닐까 싶다.

좋은 것만 주고 싶은 것이 부모 마음. 자식이 부모 마음 알려면 나이 들어 부모가 되어, 부모가 고맙고 애잔하다는 것을 느낄 때라고 한다. 내가 나이 들어 엄마를 이해하고 그 마음을 깨닫듯이, 자라는 아이들을 보면서 부모들은 희망을 가지고 용기를 얻고, 자신감을 갖게 된다. 엄마, 아빠도 마찬가지다. 힘든 일로 어깨가 무거워도 아기의 웃음소리에 피로가 풀리고 아기가 걷고 말하고 엄마, 아빠를 어루만지는 손길에서 따뜻한 온정을 느낀다. 그리고 자라는 아이를 생각하며, 오늘도 힘차게 살아야 한다는 이유를 찾게 된다. 김현식의 '봄·여름·가을·겨울' 노랫말처럼 "...해가 바뀌어도 변하지 않는 아름다운 우리 강산"과 같이 우리들 마음속에 사시사철 변하지 않는 가족 사랑이 있기에 용기가 난다. 아무리 어려운 일이 있어도 미래의 꿈나무를 생각하면서 다시 솟아나는 힘이 오늘을 살게 한다. 나무가 꽃을 버려야 열매를 맺듯이, 삶의 화려한 유혹을 떨치고 잠시 주변을 돌아본다. 많은 일들이 넘침과 처짐이 없이 살아가는 너희들과 함께 촉촉이 스며든다. 고맙다.

속초 해돋이 (서양화, 210x180mm)

행복

유치환

사랑하는 것은

사랑을 받느니 보다 행복하나니라

오늘도 나는

에메랄드빛 하늘이 환히 내다뵈는

우체국 창문 앞에 와서 너에게 편지를 쓴다

행길을 향한 문으로 숱한 사람들이

제각기 한 가지씩 생각에 족한 얼굴로 와선

총총히 우표를 사고 전봇지를 받고

먼 고향으로 또는 그리운 사람께로

슬프고 즐겁고 다정한 사연들을 보내나니

세상의 고달픈 바람결에 시달리고 나부끼어

더욱 더 의지 삼고 피어 흥을어진 인정의 꽃밭에서

너와 나의 애틋한 연분도

한 망을 연연한 진홍빛 양귀비꽃인지도 모른다

사랑하는 것은

사랑을 받느니보다 행복하나니라

오늘도 나는 너에게 편지를 쓰나니

그리운 이여 그러면 안녕!

설령 이것이 이 세상 마지막 인사가 될지라도

사랑하였으므로 나는 진정 행복하였네라

에필로그:

무지개에 엄마 마음을 그리다

엄마의 모습은 무지개 색(빨강·주황·노랑·초록·파랑·남색·보라색)으로 표현하고, 사계절 피어나는 꽃과 나무를 그려 넣어, 그 속에서 떠오르는 아이들의 성장을 생각하며 글을 쓰다.

봄 나들이에서 만난 제비꽃,
겸손하고 소박한 자태로
방긋방긋 웃으며
아이 돌보는 엄마의 마음을
촉촉히 적시고 있네.

지은이 이상원

1947년 6월 서울에서 오남매의 막내딸로 태어났다. 1970년 결혼하여 남편과 세 아들 뒷바라지로 바쁘게 살아오다가, 아들들의 성장과 손녀, 손자의 재롱을 지켜보면서 느꼈던 일과 이야기 그리고 엄마에 대한 그리움을 글로 표현한 것이 이 책의 시작이다. 현재는 복지관에서 미술공부를 하며 일상을 보내고 있다.

어떻게 지내니?
우리네 어머니 그 삶을 말하다

지은이 이상원
디자인 김무열
발행일 2014년 4월 30일 초판 1쇄 / 2014년 12월 10일 초판 2쇄
발행처 다반　**발행인** 노승현　**주소** 서울시 금천구 가산동 470-5 에이스테크노타워 10차 1003호
전화번호 02-868-4979　**팩스** 02-868-4978　**이메일** davanbook@naver.com
출판등록 제2011-08호 (2011년 1월 20일)

다반 - 일상의 책